妾屋昼兵衛女帳面七

色里攻防

上田秀人

幻冬舎時代小説文庫

妾屋昼兵衛女帳面七

色里攻防

目次

【主要登場人物】

山城屋昼兵衛　大名旗本や豪商などに妾を斡旋する「山城屋」の主。

大月新左衛門　昼兵衛が目をかけている元伊達藩士。タイ捨流の遣い手。

菊川八重　仙台藩主伊達斉村の元側室。

山形将左　昼兵衛旧知の浪人。大店の用心棒や妾番などをして生計を立てている。

海老　江戸での出来事や怪しい評判などを刷って売る読売屋。

徳川家斉　徳川幕府第十一代将軍。

林出羽守忠勝　家斉の寵愛を受けている小姓組頭。

坂部能登守広吉　林出羽守が引き上げた南町奉行。

浜松屋幸右衛門　江戸で五代続いた老舗呉服屋。大奥や諸大名の御用達として繁盛している。

小貫彦兵衛　浜松屋の用心棒。甲源流免許皆伝。

西田屋甚右衛門　吉原惣名主。吉原創始庄司甚内の子孫。

三浦屋四郎左衛門　吉原にある三浦屋の主。

南波　南町奉行所筆頭与力。

笹間　南町奉行所吟味方与力。

中山陶太　南町奉行所定町廻り同心。

第一章　火の戦い

一

用心棒で稼いだ金の確かな重みを感じながら、帰路に就いていた山形将左《やまがたしょうざ》は山城屋《やましろや》を少し離れたところで、足を止めた。

「あいつは……吉原《よしわら》の忘八《ぼうはち》」

山形将左は首をかしげた。

忘八とは、吉原の男衆《おとこし》のことだ。客の案内、遊郭の掃除、買いもの、暴漢への対処などから、決まりに逆らった遊女の折檻《せっかん》まで担当する。その多くが世間で罪を犯し、奉行所に捕まりたくないがために吉原に逃げこんだ連中であった。

「あの顎先《あごさき》の傷跡、まちがいなく西田屋《にしだや》の忘八だ。だが、看板を身につけていない」

　吉原に入ると人別《にんべつ》を失う代わりに、町奉行所や代官などの捕縛を免れる。それは世間から切り離されたからであり、大門《おおもん》を出てしまえばその効力は失われる。とはいえ、一歩も外に出ないのでは、買いものをしたり、金が足りなかった客の取り立てをしたりすることもできない。そこで、奉行所に金を積み、遊女屋の名前の入った印半纏《しるしばんてん》を身につけている限りは、吉原忘八として見て見ぬふりをするとの密約を結んでいた。印半纏には見世《みせ》の名前が入っていたことから、看板と呼ばれていた。

「看板なしの忘八……それも一人じゃねえな」

　あたりを見回した山形が異様な連中に気づいた。

「こちらに三人……ということは」

　静かに山形が振り返った。山城屋をこえて反対側の辻口《つじぐち》を見た。

「向こうにも三人。裏にもいるだろうな。少なくとも八人か。ずいぶんと張りこんだな、吉原は」

　独りごちた山形が、懐《ふところ》の金を落ちないようにしっかりと仕舞った。

「狙《ねら》いは山城屋だな。最近、大月《おおつき》と二人、なにやら隠れてしていると思ってはいたが……まったく、要《い》らぬ気遣《きづか》いを」

山形が草履《ぞうり》を脱いだ。

「吉原通いをしている吾《われ》へ遠慮してくれたのだろうが……水くさいことをする」

いつでも抜き撃てるよう、太刀《たち》の鯉口《こいぐち》を山形は緩めた。

「さあ、行くか」

山形がもと来た道を戻り始めた。

妾志望《めかけ》の女たちに裁縫を教えていた八重《やえ》が、顔を上げた。

「なにやら匂いが」

「そういえば、少し焦げ臭いような」

「火鉢に糸くずをくべたときの匂いに似ておりますね」

八重の言葉に、二人の女が同意した。

「別段なにもございませんね」

部屋のあちこちに八重が目を走らせた。妾屋の二階は、奉公先を探す女たちの宿代わりになっているため、ちょっとした煮炊きができるように大きめの火鉢が置かれていた。

「はい」

肉付きのいい女が火鉢を覗《のぞ》いて首を振った。

「ようさん、なにか焦げておりませぬか」

八重が襖《ふすま》の向こうに声をかけた。

「…………」

「ようさん」

返事がないだけでなく、匂いはますます強くなった。

「これは……煙」

痩せている女が手を振った。隣室との隙間《すきま》から煙が這《は》い出てきた。

「火事……」

八重が顔色を変えた。

「お二方は、下の山城屋さんに伝えてくださいまし」

指示した八重が立ちあがった。

「八重さんは」

「わたくしは、ようさんを連れに行きまする。あなたたちは急いで」

訊《き》かれた八重が応えた。

「はい」

「お気をつけて」

急《せ》かされた二人の女が一階へと走った。

「ようさん」

襖を開けようとした八重は、突き破る勢いで飛び出してきたようにぶつかられ、体勢を崩した。

「あははは、これで帰れる」

泣きそうな顔で笑いながら、ようが階段を駆け下りていった。

「…………」

一瞬唖然《あぜん》とした八重は、開け放たれた襖の向こうから襲い来た熱気で我に返った。

「火事」

すでに手の施しようがないほど、ようのいた部屋は燃えていた。

「くっ。皆に報《しら》せないと」

八重はすばやく窓まで近づくと、大きく開け放った。

「火事です」

大声で八重が叫んだ。

一階で大月新左衛門《しんざえもん》と話をしていた山城屋昼兵衛《ちゅうべえ》は、あわただしく二階から降りてきた女二人から、火事だと言われて腰を上げた。

「大月さま、お二人をお願いできまするか」

「どこへ預ければいい」

新左衛門は問うた。

「右の辻を出て左に二軒目、小間物《こまもの》を商っている須田屋《すだや》さんが、万一のときに女を引き受けてくださいまする」

昼兵衛が説明した。

「八重さまのことは、わたくしが。妾屋が女を死なせたとあっては、末代までの恥でございますれば」

「頼んだ。ついて来られよ」

決意を見せた昼兵衛に新左衛門は、二階を見あげることなく裸足《はだし》で土間へ降りた。

「ぬん」

他人目《ひとめ》を避けるために膝下《ひざした》まで届く暖簾《のれん》が、絡んでは困る。新左衛門は、長い暖簾を一刀で落とした。

「さあ、出よ」

新左衛門が女たちを促がした。

「女を守るために山城屋の暖簾はある。暖簾も満足でしょうよ」

落ちた暖簾に一瞬黙禱《もくとう》した昼兵衛が、二階への階段へと近づいた。

「ああああああ」

叫びながらようが降りてきた。

「ようさん、八重さまは」

「ああああああ」

答えずすさまじい形相《ぎょうそう》でようが止めようとした昼兵衛を振り切り、逃げていった。

「しまった。あいつめ、やりやがったな」

普段の柔らかい口調を昼兵衛はかなぐり捨てた。

「八重さま……」

昼兵衛が大声で呼んだ。

「今、参ります。きゃあ」

噴き出した火が階段の上を明るく照らし、八重の姿を映した。

「危ない」

階段を駆け上がった昼兵衛が、転びそうになった八重を支えた。


八重の叫び声で近所は騒然となった。

「山城屋さんが火事だそうだ」

「用心桶《ようじんおけ》を」

「り組に報せろ」

消火のために、近隣が動き出した。

「女子供は浅草寺《せんそうじ》さんまで逃がせ」

「持ち出せるものは、大八車一台にのるだけだ。決まりを破るなよ」

多くの人で山城屋の周辺が混雑した。

「よし、今だ。山城屋へ打ちこめ」

伍作《ごさく》が手を振りあげて合図をした。

「おう」

「待ちくたびれた」

忘八たちが、手に鳶口《とびぐち》を持ちながら山城屋へと迫った。

「どいた、どいた」

鳶口は延焼を防ぐため、家屋を破壊するのに用いられる。山城屋の周囲で手桶に水を満たし、消火しようとしていた近隣の男たちがあわてて道を譲った。

「吉原の忘八が、火消しのまねか」

山城屋へ入りこむ手前で伍作たちの背中に山形が声をかけた。

「なにっ」

伍作たちが、振り返った。

「忘八……看板を背負ってないぞ」

一度道を開けた近隣の男たちが、怪訝《けげん》そうな声をあげた。

「この顔を忘れたとは言うまいな」

山形が顔を突き出した。

「……つっ」

一人の客はずっと一人の妓としか遊べない。これを馴染《なじ》みといった。吉原で二人の馴染み遊女を持つ。吉原のしきたりを堂々と破っている山形は有名であった。忘八で山形の顔を知らない者はいない。伍作が詰まった。

「看板を背負わず、鳶口を手に妾屋に打ちこむ。こいつは見逃せないな」

すっと山形が殺気を放った。

「ちっ。邪魔な。やってしまえ」

伍作が鳶口を振りあげた。

「くたばりやがれ」

人殺しなどの凶状持ちばかりといえる忘八である。ためらいなく、山形へ忘八たちが鳶口を向けた。

「問答無用は嫌いじゃねえなあ」

すでに鯉口は切ってある。山形は抜き撃ちに左右から襲い来た二人の忘八を斬《き》った。

「ぎゃっ」

「わああ」

真一文字に腹を割られて二人が崩れた。

「うっ」

一人になった伍作が、固まった。

「西田屋の……」

「わあああああ」

見世の名前を出したとたん、伍作が鳶口をぶつけてきた。

「あほう。届くか。太刀と鳶口、どっちが長いかくらい考えろ」

山形が太刀で鳶口を根本から切り飛ばした。

「あわっ」

柄《え》だけになった鳶口を呆然《ぼうぜん》と伍作が見つめた。

「後でゆっくり話を聞かせてもらう。寝ておけ」

滑るように間合いを詰めた山形が、伍作のみぞおちに当て身を喰らわせた。

「さて、山城屋は無事かな」

山形が暖簾のなくなった入り口を潜《くぐ》った。


女二人を先導するように山城屋を出た新左衛門も忘八たちの攻撃を受けた。

「誰だ」

「山城屋の用心棒だな」

背中に女二人をかばった新左衛門に、鳶口を構えた忘八が問うた。

「吉原か」

敵対している相手とすぐに新左衛門は気づいた。

「やれ」

真んなかの忘八が、指揮を執った。

「おう」

「やってやるぜ」

左右から忘八二人が鳶口をぶつけてきた。

「目を閉じていろ」

避《よ》ければ、女二人に害が及ぶ。新左衛門は後ろへ声をかけると太刀を走らせた。

「……えっ」

「へっ……」

鳶口は三尺（約九十センチメートル）ほどの柄の先に小さな鎌《かま》の刃をつけたような形をしている。柄にはところどころに金輪が挟まり、強度を上げていた。その柄があっさりと切られ、忘八二人が間抜けな顔をした。

「覚悟はできていような。人を殺そうとしたのだ」

新左衛門は冷たく言うと、半歩踏み出して太刀を左右に振った。

「ぎゃっ」

「うわあああ」

それぞれの利き手を飛ばされた二人の忘八が絶叫した。

「……噂以上だな」

残った忘八が目を大きくした。

「どういう噂か知らぬが……」

血塗られた太刀を新左衛門は忘八に突きつけた。

「仙台藩で馬廻《うままわ》りをしていたらしいな」

忘八がゆっくりと腰を落とした。

「よく調べたな」

「吉原には、人が集まる。そして人の集まるところには、噂も寄る。男は抱いた女にいろいろな話をする。睦言《むつごと》としてな」

じりじりと忘八が間合いを詰めてきた。

「その足の動き、おまえ武士崩れだな」

剣術を正式に学んだ者には特有の動きが出る。新左衛門が見抜いた。

「おぬしと一緒よ。吾も藩に捨てられ、生きていくために人を斬った。ただ、追われて逃げこんだ先が吉原か、妾屋かというところだけが違っているだけ」

「同一にするな。おまえの殺しは、己の欲のためだろう。拙者は違う。拙者は守るために太刀を振るった」

新左衛門が吐き捨てた。

「路銀欲しさに旅の商人を殺したのが皮切りだったのはたしかだがな……人を殺したのは同じだろうが。人殺しに高邁《こうまい》な理由などあるものか」

忘八が言い返した。

「…………」

それも真実であった。どのような理由であろうとも、斬られたほうにしてみれば、理不尽な暴力でしかない。新左衛門は反論しなかった。

「ふん」

言いこめたと思ったのか、忘八が勝ち誇った顔をした。

「人殺しをしたことを悔やんで死ね」

忘八が鳶口を上段から太刀のように落とした。

「……ぬん」

新左衛門は下げていた太刀を切り上げた。

「……馬鹿な」

十分鳶口の間合いに踏みこんではいたが、新左衛門の速さには勝てなかった。忘八が下腹から胸まで割られて崩れた。

「人を斬ったことは否定せぬ。だからといって、死んでやる気など毛頭ない。当たり前だろうが。人を殺して悔やむなら、とっくに自害しているわ」

新左衛門が忘八に告げた。

「く、くうう」

死にきれていない忘八が、呻《うめ》きながら新左衛門を見た。

「もう一つ教えてやろう。妾屋の用心棒は、女のためなら命をはれる者でなければなれぬのだ。冥土《めいど》のみやげに覚えておけ。女をかばった妾屋の用心棒にだけは手を出してはならぬとな」

「かはっ」

新左衛門の啖呵《たんか》を聞き終わった忘八が、血を吐いて絶息した。

「だ、旦那」

「……ありがとうございました」

背後の女二人が、震えながら近づいてきた。

「急ごう」

利き腕をなくした痛みで気を失った忘八に注意しながら、新左衛門が促した。

山城屋の表から出たようは、店に沿った辻へ駆けこんだ。

「おい、ここだ」

山城屋の裏手から手招きがあった。

「い、言われたとおりに火を付けた」

裏手から顔を出した忘八に、ようが告げた。

「ああ、わかっている」

忘八がうなずいた。

「し、証文を……」

ようが手を出した。

「預かってきてるぜ、きみがててさまよりな」

きみがててとは、すべての遊女の父親という意味を持つ吉原惣名主《そうなぬし》の別称である。

懐から忘八が書付《かきつけ》を一枚取り出した。

「相州藤沢宿《そうしゅうふじさわしゅく》、清兵衛の娘よう。吉原西田屋にて二十八歳まで年季奉公を……」

忘八が書付を読み上げた。

「まちがいねえな」

「は、はい。早く証文を返して」

火付けという大罪をなしたのだ。ようは少しでも早く逃げたがっていた。

「あわてるねえ。あと旅費だ。これはきみがててさまの温情だ。感謝しろ」

ふたたび懐へ手を入れた忘八が顎をしゃくった。

「ちゃんと受けろよ」

「……はい」

忘八がようの手に金を落とした。

「えっ……」

手のひらに受けた金を見て、ようが呆然とした。

「六文あれば、死出の旅は間に合うんだぜ。安あがりでよかったな」

忘八がようの首へ手ぬぐいを巻き付けた。

「そ、そんな……約束が……」

絞められる首に手を回し、手ぬぐいを外そうとしながら、ようが抵抗した。

「火付けは火あぶりと決まっている。生きながら焼かれるより、ここで死んでおいたほうがましだろう」

忘八が両手に力を入れた。

「ぐうう」

白目を剝《む》いてようが死んだ。

「あとは、死体を火のなかに放りこんでしまえば……」

忘八がようの死体を担ぎ上げた。

「いいか」

ずっと物陰で黙っていたもう一人の忘八が訊いた。

「ああ。これだけ騒ぎになったんだ、多少の物音なぞ、誰も気にしねえ」

「待ちくたびれた」

許可を得た忘八が山城屋の裏木戸を蹴《け》り破った。

「見つけたら殺していいんだろう」

「八重とかいう女はだめだ。気を失わせるだけで、連れて帰れときみがてさまから命じられている」

ようを殺した忘八が注意を与えた。

「女一人担いで帰るのか。重いじゃねえか」

「文句を言うな、鹿《ろく》」

「へい、馬兄《うまあに》いの言うとおりにしやす」

両手を軽く上げて、鹿と呼ばれた忘八が首肯《しゅこう》した。

「金目のものは……」

「山分けでいいな」

問うような目をした鹿に馬が言った。

二

ようやく階段を降りてきた八重を抱きかかえるようにした昼兵衛の前に、燃えた梁《はり》が落ちてきた。

「火が回ってしまいましたねえ」

昼兵衛が嘆息した。

「山城屋さま」

「ああ、ご心配なく、なにがあっても八重さまだけは、無事にお逃がししますよ。でなければ、わたくしが大月さまに殺されますよ」

「…………」

八重の頰《ほお》が炎の照りとは違う色で染まった。

「裏はまだ大丈夫でしょう。女たちの寝床は店の真上。裏には二階もありません。もう少しはもつはず」

「はい」

裏口へ回ろうという昼兵衛の提案に、八重が同意した。

「行きますよ」

「よろしいのですか、金箱が……」

八重が帳場に置かれている金入れ箱を指さした。

「金は稼げまする。妾屋の財産は女でございまする。火事にあって、金箱を持ち出したが、女に傷を負わせたとなれば、二度と暖簾をあげることはできなくなりまする。金箱を持ち出すならば、両手がふさがりましょう。それだといざというとき、八重さまのお手を引けませんからね」

昼兵衛が首を左右に振った。

「……はい」

感心した眼差《まなざ》しで八重がうなずいた。

「さあ、急いで……」

店の奥へ入ろうとした昼兵衛が足を止めた。

「どうかなさいました……」

八重が怪訝な顔をした。

「そこにいるのは、誰だい」

昼兵衛が鋭い声を奥の暗がりへ投げた。

「気づかれちまったか」

「……………」

暗がりから現れたのは鹿と馬であった。

「火事場泥棒かい」

「それもあるなあ」

昼兵衛の確認に鹿が笑った。

「金箱なら、そこにある。さっさと持って出ていきなさい」

「いただくが、もう一つ、いや二つ欲しいものがあるんだよ」

鹿が下卑《げび》た笑いを浮かべた。

「その女の身体《からだ》と、おめえの命さ」

「あいにくでしたな。その要求には応じられませぬ」

昼兵衛が八重を隠すように動いた。

「勝手に取るさ」

鹿が懐から匕首《あいくち》を取り出した。

「燃えてしまえば、殺されたかどうかもわかりゃしねえしな」

後ろから馬が、背負っていたようの死体を放り出した。

「……やはり」

「ようさん……」

すでに亡きものと化しているように、昼兵衛と八重が悲痛な顔をした。

「女を道具に使うとは、やはり吉原は許せませんね」

「妾屋がなにを言いやがる。おめえだって女を道具に金を稼いでいるのだろうが。忘八とどこが違うというんだ」

馬が嘲笑《ちようしよう》した。

「道具の意味が違いますよ。もっともあなたたちの頭では理解できないでしょうがね」

「なんだとお」

「よせ。落ち着け。さっさとことをすまして戻らねえと、こっちまで火に巻きこまれてしまうぞ」

挑発に乗りかけた鹿を馬がたしなめた。

「そうだった。金箱が燃えてしまっては意味がねえ」

鹿が落ち着いた。

「八重さま、なんとしてでもお逃がしいたしますので、合図したら走ってください」

二人から目を離さず、昼兵衛が小声で囁《ささや》いた。

「一人逃げ出すようなまねはできませぬ。菊川《きくかわ》の先祖の恥となりましょう」

八重が拒んだ。

「生きていてこそ、恥もかけますのでございますよ。死んでしまえば、それまで」

「お気遣いなく。ここで大恩ある山城屋さまを見捨てたとなれば、大月さまもお許しくださいますまい。山城屋さまとご一緒であれば、死した後大月さまよりお褒《ほ》めいただけましょう」

にこやかに八重が告げた。

「……まったく、面倒なお二人だ」

大きく昼兵衛が嘆息した。

「死ね、妾屋」

鹿が匕首で突いてきた。

「おふざけになってはいけませんね。このていどでわたくしの命を奪おうなどと」

半歩身体を左へ動かし、昼兵衛は匕首をかわした。

「なめたまねを」

外れた匕首を鹿が振った。

「足がお留守だ」

昼兵衛は、鹿の左足臑《すね》を蹴った。

「痛《いて》え」

弁慶の泣きどころといわれる急所に一撃を喰らって、鹿がわめいた。

「馬鹿が、どけ」

馬が前に出た。

「吉原の邪魔をするからこういう羽目になる。男が女を抱きたかったら吉原へ通えばいい。それ以外の岡場所や妾屋は不要なんだよ」

話しながら馬が匕首を振った。

「冗談じゃない。妾屋を吉原と一緒にしないでいただきたいな」

身をひねって、馬の一撃を昼兵衛はかわした。

「妾屋は斡旋《あっせん》だけ。無理《むり》強いはしない」

昼兵衛は馬の攻撃をいなしながら、述べた。

「ふざけるな」

なかなか当たらない攻撃に、いらついた馬が匕首を逆手《さかて》に握りなおした。

「…………」

昼兵衛が息を呑《の》んだ。

匕首を逆手に持てば、切っ先が腕に隠れてしまう。間合いが摑《つか》みにくくなった。

「山城屋さま」

無手《むて》で匕首を捌《さば》いていた無理が気づかないうちに昼兵衛を下がらせ、ついに八重の手が触れるところまできてしまっていた。

「ちょっと困りましたね」

奥へ至る廊下である。左右の壁は近い。一人立って歩けるくらいしか幅がないのだ。昼兵衛の逃げ場はなくなった。

「死んで、ようを閻魔《えんま》さまの妾にでもするんだな」

逆手の刃《やいば》をわざと見せつけて、馬が迫った。

「…………」

あと少しで昼兵衛に切っ先が届く。勝利を確信した馬の目が笑った。

「ぎゃっ」

馬が悲鳴をあげた。馬の右目から小柄《こづか》が生えていた。

「山形さま」

すぐに振り向いた八重が、山形の姿を見つけた。

「よくぞ、あの火をこえて……」

八重が感心した。

「水をかけてもらったからな」

よく見ると山形は頭からずぶぬれであった。

「こいつらは吉原の忘八らしい」

「聞いておりまする」

山形の言葉に、昼兵衛が首を縦に振った。

「用心棒か」

火を背にした山形の顔はわかりにくい。右目を押さえながら、馬が訊いた。

「ああ」

山形が認めた。

「日当は今晩から発生でいいな」

「もちろんでございますとも」

問う山形に、昼兵衛が笑った。

「ならば、仕事をさせてもらおう。八重どのよ。後ろに」

「はい」

すばやく二人が位置を変えた。

「ちっ。女はあきらめるしかなさそうだ。手間かける暇はねえ」

「しかたねえ。あの帯の下の乳、揉《も》んでみたかったがな」

馬と鹿が顔を見合わせた。

「山城屋、しゃがめ」

「……」

山形の指示に従った昼兵衛が、膝を抱えるように座りこんだ。その上を山形が飛びこえ、馬の目の前に立った。

「馬鹿が、己から死ににきやがったぜ」

山形の体勢が整う前に、馬が斬りつけた。

「ふっ」

抜くような息を吐いた山形が手にしていた太刀を落とした。

「えへっへ。ざまあ……」

勝利を確信した馬の顔色がなくなった。前に出した馬の右手が、山形の一撃で肘《ひじ》から消えていた。

「ぎゃああああ」

血の噴き出た右手を押さえながら、馬が絶叫した。

「愚か者が」

山形が馬を蹴り飛ばした。

「うおっ」

馬の身体が鹿にぶつかった。

「強い……」

鹿の声が怯《おび》えに変わった。

「火付けは重罪だ」

山形が太刀を高青眼《たかせいがん》に構えながら、近づいた。

「火を付けたのは、その女だ」

鹿が廊下に転がっているように目を向けた。

「殺したのか、女を」

山形の表情が一層険しくなった。

「くらえっ」

一瞬、山形の目がように向かってそれたのを見逃さず、鹿が馬の身体を山形へ向けて押し出した。

「…………」

血を失い、斬られた衝撃で呆然としている馬は、あっさりと山形へと傾いた。

「へん」

鹿が背を向けて逃げ出した。

「こいつっ」

倒れかかってきた馬の身体を払った分、山形の出が遅れた。

「山形さま、それより」

追おうとした山形を昼兵衛が止めた。

「ああ、そうだな」

山形が太刀を拭《ぬぐ》い、鞘《さや》へ戻した。

「こいつも見捨てるわけにはいかねえか」

反応しなくなった馬の襟首を摑んで、山形が引きずった。

「八重さま、お先に」

続くようにと、昼兵衛が廊下の端へ身を寄せた。

「はい」

さすがにそこでわがままを言うほど、八重は愚かではなかった。山形の後に、小走りで八重が続いた。

「……哀れな」

死んでいるようを、昼兵衛が抱え上げた。

「苦界《くがい》から逃げ出せたとはいえ、死んでしまえばなにもなりません」

昼兵衛が呟《つぶや》いた。

駆けつけた火消したちの活躍もあり、火は山城屋一軒を燃やしただけでおさまった。

「ありがとう存じます。あらためて後日お詫《わ》びに参りまする」

昼兵衛は近隣の住人に頭を下げて回った。

「いや、災難だったね」

同じ町内で、皆顔なじみである。誰もが昼兵衛を気遣ってくれた。

「よかったな、山城屋」

山形が昼兵衛の肩を叩《たた》いた。

「はい。もし隣に火が移っていたら、夜逃げものでございました」

昼兵衛もほっとした。

江戸の町は町内を一つの区切りとしている。商売も妾屋のような特殊なものを除いて、ほぼ町内の客だけでなりたっている。おかずの遣《や》り取《と》り、留守番の請負など、まさに遠くの親戚より近くの他人を地でいっていた。

当然つきあいも濃くなるだけに、火事で近所を巻きこんだときは辛辣《しんらつ》になった。なにせ、火事は持っているものすべてを奪うのだ。命が助かっても着の身着のままで逃げ出したなら、その日から寝るのにさえ困る。今までがんばって築きあげたものが、灰燼《かいじん》と化してしまう。いかに、相身《あいみ》互《たが》い身《み》が基本とはいえ、辛抱できるものではない。恨みが火を出した者に向かうのは、ごく当たり前のことであった。

「さて、こいつらをどうする」

山形が足下《あしもと》を見た。馬と伍作が縛られて転がされていた。

「御上《おかみ》に突き出さなければなりませんがねえ……その御上が」

昼兵衛が大きく息を吐いた。

「吉原の飼い犬か」

「はい」

すぐに山形が悟った。

浅草と吉原は近い。どうしてもかかわりは深くなる。吉原で遊興し金が足らなくなった客の取り立てやなにかで、忘八が浅草を通ることも多い。いかに忘八は苦界の者で、奉行所は手出しできないとはいえ、もめ事を起こされてはまずい。吉原の忘八は、かならず見世の名前入りの半纏を身につけているだけに、評判にかかわってくる。なにかあったとき内済として表沙汰《おもてざた》にしないよう、地元を牛耳《ぎゅうじ》っている御用聞きに金を積むこととなる。その結果、浅草の御用聞きのほとんどが、吉原の飼い犬となっていた。

「大番屋《おおばんや》に連れていくか」

山形が言った。

大番屋とは、町内ごとにある自身番《じしんばん》と違い、町奉行所が管轄しているもので、重罪人などが捕まったときに移送された。茅場町《かやばちょう》にあり、町役人たちの組屋敷のある八丁堀からも近かった。

「そうしていただきましょうか」

昼兵衛が山形に頼もうとした。

「遅かったみたいだぞ」

山形が顎で辻の出入り口を示した。

「……のようでございますな」

昼兵衛は表情を厳しくした。

「おいっ、なにがあった」

これ見よがしに房のない十手《じって》をひけらかして、地元の御用聞き桶屋の辰《たつ》が昼兵衛に声をかけた。

「ご覧のとおりでございますよ」

まだ煙を上げている店に、昼兵衛が目を遣った。

「火を出したのか」

「いいえ。火を付けられたのでございまする」

十手を突きつけてきた桶屋の辰に、昼兵衛は首を左右に振った。

「なにい、付け火だと」

桶屋の辰が大声をあげた。放火の罪は、一人、二人殺した者よりもはるかに重い。

捕まえれば大手柄であった。

「どこだ、犯人は」

「直接火を付けたのは、そこで死んでいる女、そして付け火を命じたのが、こいつだ」

山形がようと伍作を指さした。

「死んでいるだと。誰が殺した」

「そいつだな。腕を失ったやつ」

憤る桶屋の辰に山形が告げた。

「どうなっているんだ」

辰が戸惑った。

「詳細をよく知っているのは、こいつでございますよ。吉原西田屋の忘八」

昼兵衛が伍作を睨《にら》みつけた。

「なんだと、吉原の忘八……看板を背負ってねえじゃないか」

教えられた辰が、難しい顔をした。

「まあいい。調べればわかることだ。おい、おまえら、こいつらを番屋へ連れていけ」

　辰が手下に指示した。

「おめえたちも来てもらうぞ。うのみにはできねえからな」

　十手を昼兵衛たちに向けて、辰が言った。

「大番屋にしていただきましょう。ことが火付けに、吉原忘八の慣習破りでございまする。そこらの調べ番屋ではどうにかできるものではございますまい」

　昼兵衛が条件をつけた。

　調べ番屋は、大番屋と違い、拘留するだけの施設を持たない小さなものだ。土間に深く埋めた杭《くい》に縄で縛り付けるていどのものしかなく、主として食い逃げや盗人《ぬすっと》などの取り調べに使われた。江戸に八ヶ所設けられているが、常在している番人の数も少なく、逃亡の怖《おそ》れがある凶悪な犯人の取り調べなどには向いていなかった。

「御上の十手を預かっているのは、おいらだ。おいらが、番屋でいいと言っている。おめえは黙って従えばいい」

　辰が拒否した。

「そこに死んでいるのも、見れば刀傷だ。下手人《げしゅにん》はおめえだな」

新左衛門が斬り捨てた忘八の死体を辰が示した。

「斬りつけられたから、やっただけだ。こいつらも忘八だぞ」

山形が新左衛門の名前を隠した。

「忘八という証拠がねえ。とにかく、ついてこい。ゆっくりと話を聞かせてもらうぞ」

わざとらしく辰が十手を振り回した。

「火付け、人殺しを調べ番屋でおこなうだと。笑わせるな」

山形があきれた。

「やかましい。浪人の分際で御上の手札を預かるおいらに刃向かう気か。てめえ、ちょっと叩いて、埃《ほこり》を出させてやろうか」

大声で辰が威嚇した。

「やれるものなら、やってみるがいい」

すっと山形の声が重くなった。

「……てめえ」

殺気に気づいた辰の表情がこわばった。

「山形さま」

太刀を抜く前に、昼兵衛が間に入った。

「大番屋に参りましょう」

「そうだな」

昼兵衛の提案に、山形が同意した。

「勝手なことをするな。おめえたちも番屋へ来い。おい、こいつらをひったてろ」

無視された辰が、怒った。

「へい」

「合点《がってん》で」

手下たちが指示に応じて、捕り縄を取り出した。

「わかっているだろうな」

山形が、太刀の柄《つか》に手を置いて、手下たちを睨みつけた。

「……うっ」

手下たちがたじろいだ。

「逃げる気か。御上の御用だぞ。言うことを聞かないと、ここいらには住めなくなるぞ」

辰が脅した。

「店を燃やされましたからねえ。ここにいる理由はございませんな」

鼻先で、昼兵衛が笑った。

「これ以上相手をする理由もございませんな。参りましょう」

昼兵衛が山形を促した。

「だな」

うなずいた山形も歩き出した。

「待て」

辰が昼兵衛の肩を摑んだ。

「離しなさい」

静かに昼兵衛が命じた。

「黙ってろ。こいつだけでも捕まえて……」

「無礼者め」

辰の言葉を昼兵衛が遮った。

「な、なにを……」

昼兵衛の剣幕に、辰がたじろいだ。

「わたくしを誰だと思っている。尾張《おわり》徳川家藩士格山城昼兵衛であるぞ」

「えっ……」

辰が息を呑んだ。

妾屋の客には大名もいる。そして妾屋は斡旋した女の親元になるのだ。つまり、昼兵衛は大名の側室の親代わりであり、もしその妾が子を産んでいれば、公子《こうし》の外祖父扱いを受けた。昼兵衛の斡旋した女たちは、見目麗《みめうるわ》しいだけでなく、心根もよい者ばかりである。多くが当主の寵愛《ちょうあい》を受けている。その恩恵は昼兵衛にも及び、いろいろなところから扶持《ふち》と藩士身分が与えられていた。

「わたくしに用があるならば、藩邸を通していただこう」

「………」

町方は諸藩の藩士に手出しを許されていなかった。ましてや将軍の一門である御《ご》三家《さんけ》尾張藩ともなれば、目の前で人殺しをされても、御用聞きはもちろん、与力《よりき》同心《どうしん》でさえなにもできなかった。

「行こうか」

呆然としている辰を尻目に、山形と昼兵衛は歩を進めた。

「危なかったな。尾張の名前に気を奪われてくれたおかげで、拙者のことを失念したようだ」

しばらくして山形がほっとした。いかに殺気を浴びせ、抵抗するぞと表しても、山形は浪人者、つまり庶民なのだ。同心から十手を預けられているだけで、町奉行所の正式な役人ではない御用聞きとはいえ、手向かえば、お尋ね者になる。

「でございましたな。お尋ね者になられては、さすがにお仕事をお任せするわけにも参りませぬし」

妾屋は信用が第一であった。妾番にお尋ね者を使用しているなどと知られれば、山城屋は終わりであった。

「おいおい、それはちょいとひどくねえか。店のために、吾は働いたのだぞ」

あっさりと見捨てると告げた昼兵衛に、山形が苦情を申し立てた。

「感謝はしておりますよ。日当に色を付けさしてもいただきましょう。ですが、それとこれは別の話。そもそも妾番をお任せしているのでございますよ。あのていどせぬ」
のこと切り抜けていただけませぬと、気むずかしい妾の主《あるじ》とのつきあいなどできま
昼兵衛が山形の顔を見た。
「ふん。吾でよかったな。大月にはまだ無理だ。あっさりと辰に襲いかかって、こ
とを大事にしてくれただろうよ」
山形が首を左右に振った。
「はい。大月さまには八重さまを須田屋さんまで送っていっていただいていてよか
ったですな」
昼兵衛も安堵《あんど》の表情を浮かべた。
「さて、どうする。大番屋に行けば、まちがいなく足止めされるぞ」
山形が懸念を口にした。
放火された被害者であり、尾張藩士という身分を表に出した昼兵衛を、町奉行で
も捕縛することはできなかった。だが、その経緯を聞き取るための足止めはできた。
また、山形は、少なくとも数人の忘八を斬っている。昼兵衛の口利きがあれば、い
きなり縄を打たれたりはしないだろうが、両刀を取りあげられて拘束されるのは防

げなかった。

「あまり使いたい手ではございませんがねえ……」

嫌な顔を昼兵衛はした。

「大番屋にくくられていても使えるのか、その手は」

「わたくし以上にうまく使える方がおられますよ」

山形の疑念に昼兵衛が笑った。

「おぬしよりも……」

大きく山形が首をかしげた。

「八重さまでございますよ。あのお方は聡《さと》い。いや、なにより必死に生きておられる。守りたい者を持っている女は強うございますよ」

昼兵衛が述べた。

「一つまちがっているぞ、山城屋」

山形が否定した。

「守る者を持っていようが、なかろうが……女は怖いものだ」

「さすがでございますな」

昼兵衛が感心した。

三

山城屋の女たちを須田屋はていねいに迎えてくれた。

「家にいるつもりでお気楽に」

須田屋は女たちのために、離れを一つ用意した。

「お手数をおかけいたしまする」

女たちを代表して、八重が礼を述べた。

「いえいえ。山城屋さんとは、先代からのおつきあいで、わたくしもお世話になっておりまする。なにより、同じ町内に住む者同士、困ったときは助け合うのは当然でございましょう。それに山城屋さんでございますからなあ。すぐにお店を建て直されましょう」

「はい」

八重も同意した。

「それより、お怪我《けが》などはございませんか。医師を呼びましょうや」

「ありがとうございまする。わたくしを含め誰もさしたる傷を負っておりませぬ」

心配りに八重が感謝した。

「それはよかった。では、お疲れでございましょう。わたくしはこれで」

主が居ては足も崩せないと気遣った須田屋が離れから去っていった。

「八重さん」

「……どうなるのでしょう」

二人の妾志望の女たちが、心細さに八重へと縋《すが》った。

「大丈夫ですよ。山城屋さまはご無事でございました。すぐに手を打ってくださいますから」

八重が保証した。

「着替えも山城屋さんに預けていたお金もなくしてしまったのですよ」

太り気味の女が言いつのった。

「身体がございましょう。妾にとって、なによりの財産が」

「それは……」

女がしぶしぶといった顔で認めた。

「身体一つで世渡りをする。それが妾でございましょう」

「それはそうでございますが……」

「焼けた衣服くらい、旦那さまに強請《ねだ》れば買っていただけまする。いただけないとしたら、それはあなたの奉仕が足りていない証《あかし》」

厳しい言葉を八重が続けた。

「身体だけしか残らなかったと嘆くならば、この稼業から抜けられたほうがよろしいかと」

「…………」

八重の対応に女が黙った。

「山城屋さまを信用なさい。妾屋は親も同然。娘が困っていて、手助けを惜しむようならば、こちらから見限ればいいだけのこと」

「ですね」

痩せた女が同意した。

「あたしは、山城屋さんのお世話で三回ご奉公に出たけど、どこども大切にしてもらったし、十分な手切れ金ももらえた。いつかは妾もできなくなるけど、それまであたしは山城屋さんを頼る」

「……そうね」

痩せた女の話を聞いて、ようやく太った女が落ち着いた。

「少し、ごめんなさい」

八重が立ちあがった。

離れは二間あった。

十畳ほどの広いほうを女たちが使い、出入り口のすぐ脇にある四畳半に新左衛門が詰めていた。二つの部屋は襖で仕切られているだけで、声などは筒抜けであった。

「大月さま」

「どうぞ、お入りあれ」

訪《おとな》う八重に、新左衛門は応じた。

「ごめんくださいませ」

入ってきた八重が、襖を閉じた。

「八重どの……」

男と二人きりになる。武家で育った女にとって、それがどういう意味を持つか、わからないほど新左衛門は愚かではなかった。

「大月さま、お聞きでございましたでしょう」

「…………」

無言で新左衛門は肯定した。

「あきれはてられましたか」

八重が顔を伏せた。さきほど八重は、女は身体さえあれば生きていけると言ったのだ。

「お見事なお覚悟とお見受けした」

迷うことなく新左衛門は答えた。ためらってはならないと新左衛門は気づいていた。

「…………」

少しだけ八重が顔をあげ、新左衛門の表情を窺《うかが》った。

「見事なるお覚悟」

もう一度新左衛門は重ねた。

「武士にとって働く場は戦場でござる。敵を倒し、手柄を立て褒賞《ほうしょう》をいただく。こうして武士は家を保って参りました。いわば、人を殺して生きてきたのでござる。対して、妾は閨《ねや》での働きで、金を得ている。武士は武技で劣れば、命を失う。妾は旦那に気に入られなければ、明日をなくす。同じでござろう。どちらも生きていくために必死」

「汚いとは思われませぬので。男に抱かれることで金を稼ぐのを」

八重が小さな声で尋ねた。

「それを言えば、武家はもっと汚いものでございましょう。人を殺して金を稼いでいるに近い。どれだけ取り繕ったところで、人殺ししかないのでござる。かつての主家、伊達《だて》家など初代政宗《まさむね》のころ、敵対した大名の城を落としただけでなく、女子供まですべてなで切りにしたといいまする。そのような鬼畜の所行を為《な》したお方が、大名として胸を張っているのが、武家。己の身体を犠牲にしている妾のほうが、数倍ましでございましょう。少なくとも人は死にませぬからな」

新左衛門は述べた。

伊達政宗は妻の実家田村《たむら》家を襲った大内定綱《おおうちさだつな》の小手森城《おでもりじょう》を攻撃し、城内にいた兵、女、子供を皆殺しにした。

「大月さま……」

八重が顔をあげた。

「では、これからさきもわたくしをお嫌いになられませぬか」

「これから……」

新左衛門は首をかしげた。

「はい。わたくしはこれから身体でなく、言葉で戦いまする。大月さまにはとてもお聞かせできぬ言動を取るやも知れませぬ」

しっかりと八重が新左衛門を見つめた。

「山城屋どのを助けるため」

「と、女たちを守るため」

新左衛門の確認に、八重が付け加えた。

「一つだけ条件をつけさせていただこう」

「……条件」

いきなり言い出した新左衛門に八重が戸惑った。

「守られる女のなかに八重どのも含めていただきたい。ああ、もちろん、襲い来る危難に対しては、拙者がお守りするというのは決まっておりますぞ。それさえ果たしていただけるならば、拙者は死ぬまで八重どのを厭《いと》いませぬ」

新左衛門は告げた。

「……はい」

泣きそうな顔で八重がうなずいた。

二人は互いに顔を見合わせていた。伊達の内紛に巻きこまれ、命を狙われていた八重を守って、新左衛門に守られて以来、ずっと二人は想いを心のうちに沈めてきた。それがようやく表に出た。

「この騒ぎが落ち着いたら、ともに家を探していただけるか」

「あまり大きいのは要りませぬ」

新左衛門の求めに、八重が応えた。

「馬に蹴られるとわかっているんでやすがねえ、そろそろよろしゅうござんすか」

離れの出入り口から、読売屋の海老蔵《えびぞう》が顔を出した。

「…………」

「海老どの……」

二人そろって真っ赤になった。読売屋海老蔵は、名前が立派すぎるとして、海老と通称されていた。

「訪いの声もかけさせていただいていたんですが、お聞こえにならなかったようで」

「それは申しわけない」

新左衛門が詫びた。

「いずれくっつかれるとは思っておりやしたので、けっこうなこととお祝い申しましょう」

海老が言った。

「なんと言えばいいのか、まあ、そういうことだ」

背中に隠れるようにして身を縮めている八重をかばいながら、新左衛門は頭を掻《か》いた。

「しかし、大事でございました。よくぞご無事で」

海老が笑いを引っこめた。

「さすがだな、火事騒ぎに気づいたとは」

「騒ぎがあれば駆け出すのが、商売でござんすからね。幸い、山城屋さんから、なにかあったときは、須田屋さんと聞かされていやしたので、皆さんの行方《ゆくえ》はすぐに知れやしたし」

海老が説明した。

「山城屋さまは」

八重が新左衛門の後ろから出てきた。

「お店は完全に焼けておりやした」

「ではなく、主の山城屋さまは」

海老の答えに八重が訂正を入れた。

「ああ、姿が見えなかったので、近所で訊いてみたところ、桶屋の辰にからまれたそうで」

「桶屋の辰……」

「御用聞きでござんすよ」

首をかしげた八重に海老が告げた。

「捕まったのでございますか」

「ちっ」

八重が驚き、新左衛門が太刀を摑んだ。

「落ち着いてくださいな、大月の旦那」

あわてて海老が手を振った。

「山形さんもご一緒だったのでございすよ」

「……そうだったな」

二人並んで、八重と新左衛門を見送ってくれていたと新左衛門は思い出した。

「第一、あの山城屋さんでございすよ。桶屋の辰くらいでどうにかできるわけございません」

「ああ」

新左衛門も納得した。

「では、山城屋さまは、どちらへ」

「さすがにこれだけの騒動を隠すわけにはいかないので、大番屋へ向かわれたとのことでございす」

「大番屋へ……」

少し八重が考えた。

「今、何刻《なんどき》でございましょう」

「五つ（午後八時ごろ）の鐘を聞いてから小半刻（約三十分）かと」

問われた海老が言った。

「大月さま、わたくしを林出羽守《はやしでわのかみ》さまのもとへお連れくださいまし」

「小姓組頭《こしょうくみがしら》の林さまか」

「はい」

八重が首を縦に振った。

「……わかった」

じっと八重の目を見て新左衛門はうなずいた。

「よろしいのでござんすか。相手は吉原でござんしょう。忘八がまだ出ているやも知れやせんぜ。せめて明るくなるまで待たれたほうが」

海老が危惧《きぐ》した。

「一刻を争うのでございまする」

「ということだ」

八重のせっぱ詰まった声に、新左衛門は黙って従うと述べた。

「あっしはお供できやせん。吉原忘八が看板なしで出歩いたという瓦版《かわらばん》を、できるだけ早く出さなきゃなりやせんので。吉原に飼われている町方が、圧をかけてくる前に、せめて浅草だけにでも撒《ま》きたいと思いやす」

海老も戦うと宣した。

「お願いをいたしまする」

ていねいに八重が頭を下げて、感謝を示した。

「大月さま。参りましょう」

「わかった。無事に林出羽守さまのもとまでお連れしよう」

新左衛門は請け負った。

「海老さま、もう一つお願いが。残っている女たちのための手配を」

「お任せを。和津《わつ》に声をかけておきやす」

海老が胸を叩いた。

仲間の馬を見捨てた鹿は、後ろも見ずに吉原へと逃げこんだ。

「待て、おめえ常盤屋《ときわや》の忘八だろう。看板はどうした」

大門脇の四郎兵衛《しろべえ》番所から制止の声がかかったが、鹿は無視して走っていった。

「野郎、会所の指示を無視するたあ、いい度胸だ。おい」

「へい」

二人の会所忘八が、鹿の後を追った。

常盤屋は、吉原の大通り仲町通りから二筋離れた小さな遊女屋であった。

「だ、旦那は……」

紫に常盤と染め抜かれた暖簾を割って見世に帰ってきた鹿が、叫んだ。

「静かにしねえか。お客さまがおられるんだぞ」

土間にいた忘八が叱《しか》った。

「すいやせん。とにかく旦那にご報告しなければならねえんで」

「……奥だ」

血走った目をしている鹿に、忘八が息を呑んだ。

「…………」

鹿が草履を履いたままで見世の奥へと入っていった。

「なんだ……」

忘八が唖然とした。

「おいっ」

「へい、おいでなさいやし……これは会所の兄い」

背中から声をかけられた忘八が振り向いた。

「今、おめえのところの忘八が戻ってきたな」

「鹿でござんすか。なら、今」

「そいつはどこだ」

「なにかしでかしやしたので」

忘八が訊いた。

「気が付かなかったのか、看板を脱いでいたろうが」

「あっ……」

言われて忘八が驚いた。

「どこに行った」

「旦那に用があると……」

迫られて忘八が答えた。

四郎兵衛番所とも呼ばれる会所は、吉原一の大見世三浦屋《みうらや》の出資で作られた。そこに属する忘八も三浦屋から出され、吉原全体の治安維持を任としていた。とはいえ、三浦屋のものでしかなく、他の見世への強制力を持っているわけではなかった。

「旦那にお会いしたい。取り次いでくれ」

「しばし、お待ちを」

忘八があわてて奥へと飛びこんだ。

常磐屋の主善兵衛《ぜんひょうえ》は、鹿の報告を受けて顔色を変えた。

「失敗しただと」

「申しわけございやせん」

「他の見世から出た忘八はどうなった」

「………」

無言で鹿が首を左右に振った。

「全滅したのか」

常磐屋が絶句した。

「強すぎやす。妾屋の用心棒は……」

先ほどの戦いが脳裏をよぎったのだろう、鹿が震えた。

「吉原の忘八だとばれたのだな」

「へい。どうやら用心棒が、あっしらの顔を知っていたようで」

鹿が答えた。

「顔を知っていた。うちの馴染みか」

「馴染みじゃござんせんが、どこかで見た記憶がございやす」

常磐屋の問いを否定しながら、鹿が首をひねった。

「あっ」

「思い出したのか」

「山本屋《やまもとや》さまの客に二人の馴染みを持つ浪人がいたはず。たぶんそいつで」

「掟破《おきて》りの浪人者がいるとは聞いている」

手を打った鹿に、常磐屋も思い出した。

「旦那」

「犬か。今大事な話の最中だ。あとにしろ」

襖の外からかけられた声に、常磐屋が機嫌の悪い返答をした。

「それが、会所のお方がお目にかかりたいと……その鹿のことだそうで」

犬と呼ばれた忘八が気まずそうに告げた。

「……そういえば、鹿、看板はどうした」

「火付けの前に脱いで、そのまま……」

「馬鹿が。なんのために大門を出るとき看板を身につけていたと思っているんだ。会所に気づかれないためだろうが」

常磐屋が怒鳴りつけた。

「すいやせん。ですが、取りに帰《けえ》るより、少しでも早くお報せせねばと」

鹿が言いわけをした。

「…………」

常磐屋が黙った。

「旦那、どうしやす。会所を放置はできやせんよ」

犬が対応を問うた。

「……鹿、てめえは見世を出てどこかに潜んでいろ。決して会所の連中に見つかるんじゃねえぞ」

「えっ……見世にいては」

出ていけと言われた鹿が驚いた。

「当たり前だ。法度《はっと》を破ったおめえがいたんじゃ、言いわけもきかねえだろうが。さっさとしろい」

常盤屋が蠅《はえ》を追うように手を振った。

「犬、会所の連中に、あとでこちらから出向くと伝えなさい」

「納得しやすか」

「会所といったところで三浦屋の私物だ。楼主たるわたしを捕まえることはできやしない」

常盤屋がうそぶいた。

「へい」

犬が戻っていった。

「なにをしてやがる、消えろ」

　まだ愚図《ぐず》っていた鹿に、常磐屋が手にしていた煙管《キセル》を投げつけた。

「きっと助けてください」

　泣きながら鹿が、出ていった。

「火付けは成功した。女も始末した。問題は山城屋を殺せなかったことと、忘八が捕まったことだ。だが、忘八は吉原を裏切らぬ」

　世間にいられず、吉原に逃げこんできたのだ。吉原を裏切れば、帰るところをなくす。忘八の口を割らせるのは、まず無理であった。

「となれば、問題は山城屋の報復だな」

　常磐屋が難しい顔をした。

「町奉行所に訴えたところで、動かぬ。十分な金が届けてある。そして吉原大門の内は、苦界であり、世間とは違う。ここでなにがあってもなかったことにできる。山城屋が吉原へ直接来てくれれば、忘八たちで取り囲み、殺してしまえばいい。死体は素裸にして、投げこみ寺にでも捨てればまず見つからない」

　険しい表情だった常磐屋が和《やわ》らいできた。

「考えてみれば、どういうことではないな」

常盤屋がほっとした。

「もっとも、この失敗をこちらのせいにされては困る。しくじったのは他の見世の忘八だ。そう話をもっていかねば、妾屋を吸収したあとの配分で割を食いかねぬ」

ふたたび常盤屋の眉《まゆ》がひそめられた。

「まずは西田屋甚右衛門《じんえもん》のところへ行かねばなるまい。話が他から入る前に、報せられれば、こちらのつごうのよいようにできるやも」

常盤屋が立ちあがった。

第二章　町方の裏

一

大番屋は奇《く》しくも吉原創業の地、茅場町にあった。正確には調べ番屋の一つであったが、南北町奉行所にもっとも近いことから、大番屋ととくに称されていた。

大番屋の役目は、自身番などから引き立てられてきた犯人を取り調べることであった。ここで犯罪の有無を確認し、まちがいない、あるいは疑いが濃厚で放免するわけにはいかないと判断したときに入牢証文を作成し、小伝馬町《こでんまちよう》の牢屋敷に送る。この入牢証文がないかぎり、牢屋敷は罪人を受け入れなかった。

「ごめんくださいませ」

大番屋と記された戸障子の外から、昼兵衛は声をかけた。大番屋では、犯人の取り調べがおこなわれていることや、拷問していたり、女の身体あらためをしていることもあるため、いつも障子はきっちりと閉められていた。

「なんだ」

戸障子が開かれ、町奉行所の中間《ちゅうげん》が顔を出した。

「わたくし浅草の口入《くちい》れ屋《や》山城屋昼兵衛と申しまする。先ほど店が付け火に遭いましたので、そのお届けに」

「付け火だと。ちょっと待て」

中間が引っこんだ。

「南町奉行所吟味方《ぎんみがた》与力の笹間《ささま》さまが、お会いくださる。入れ」

すぐに中間が戻ってきた。大番屋には、月番町奉行所の与力一人、同心二人が詰めていた。もっとも出役などがあると出払ってしまうときもあった。

「おじゃまをいたしまする」

「ごめん」

昼兵衛と山形将左は大番屋に入った。

大番屋はちょっとした商家ほどの規模であった。かなり大きな土間に続いて、板の間があり、その奥には木組みの牢が二つあった。一つは庶民を入れる普通のもので、もう一つは武家や医者など身分ある者、あるいは女を拘留するための揚屋《あがりや》と呼ばれる少し上等な牢である。その反対側に、与力同心たちが休憩するための小座敷が設けられていた。

「火付けだそうだな」

小座敷に座ったままで笹間が言った。

「で、火事は消えたのか」

「幸い、被害は店一軒だけですみましてございまする」

笹間が最初に訊いたのは、火事の現況であった。人の安否よりも火事が怖い。江戸はなんども大火を経験していた。

「では、あらためて問う。そなたの店が火付けに遭ったのだな。犯人はどうした」

「死にましてございまする。殺されました」

「……殺された。どういうことだ」

笹間の声が低くなった。

「最初からすべてお話をさせていただきまする」

断りを入れて、昼兵衛は、吉原から傘下に入れという求めが来たときから、店が焼かれるまでを語った。

「ま、待て」

ことの大きさに笹間が顔色を変えた。

「吉原の遊女が、そなたの店に火を付けたと……」

「はい」

「たしかなのだろうな。まちがっていましたではすまぬぞ」

笹間が念を押した。

町奉行所に属している与力同心には出世がなかった。どれだけ手柄を立てようが、同心が与力に、与力が町奉行になることはない。では、逆も同じなのかというと違った。誤認で無実の者を捕まえたりすれば、咎《とが》めを受けた。多くは逼塞《ひっそく》、あるいは差し控えですむが、やり方に問題があると判断されたりすると、お役ご免、放逐、入牢まであった。

「見ていた者がおりまする」

昼兵衛が告げた。

「貴殿のことか」

ずっと後ろに立っている山形に笹間が声をかけた。浪人とはいえ、両刀を差しているゆえか、笹間の口調は昼兵衛に対するものよりもていねいであった。

「拙者ではござらぬ」

山形が否定した。

「違う。では、貴殿はなんのためにここへ」

「火を付けただけでなく、山城屋を殺そうとしたのでな、その忘八の相手をしたのでござる」

尋ねられた山形が答えた。

「忘八の相手……」

笹間の表情が険しくなった。

「七人は斬った」

最後まで言わなかったが、笹間がなにを尋ねたいのかを山形は悟った。

「……七人」

数の多さに笹間が絶句した。

「人を斬ったとなれば、話は変わる。腰のものを預からせていただこう」

笹間の口調が変わった。

「さしたるものではないが、家伝のものだ。ていねいに頼む」

すなおに山形が、両刀を近くにいた中間に預けた。

「これへ……たしかに血曇りがある」

中間から受け取った太刀を抜き、笹間が刃をあらためた。

「揚屋に入れておけ」

笹間が脇に控えていた同心に命じた。

「酒も女もなしで、寝るのは久しぶりだな」

山形は笑いながら揚屋に入った。

「さて、山城屋。そなたにも事情を訊かねばならぬ。本当に吉原の手だったのか」

「まちがいございません。御用聞きの桶屋の辰蔵親分もお認めでございまする」

昼兵衛が桶屋の辰の名前を出した。

「誰だ……」

笹間が同心に問うた。

山形も述べた。

「おのれ……」

中山が呻いた。

「どういうことか、説明せよ、中山」

「………」

与力の求めに、中山がうなだれた。

「取り押さえよ」

「神妙にいたせ」

笹間の指示で同心が中山を捕まえた。

「誰ぞ、桶屋の辰を連れてこい」

続けて笹間が手配した。

「承知」

「へい」

同心と中間、小者《こもの》が大番屋を出ていった。

「山城屋を牢へ」

「なぜでございまする。わたくしは被害者でございますよ」

　笹間の言葉に、昼兵衛は反発した。

「火を付けられるほど、恨まれているのだろう。なにも後ろ暗いことがないとはいえまい。妾屋には、前から人身売買ではないかという疑いがある」

「奉公証文を交わした年季奉公でございまする。年限も一年から二年まで。それを人身売買と申されては、江戸中の口入れ屋を捕まえなければなりませぬ」

「抗弁は後で聞く。おい」

　昼兵衛の反論を無視して、笹間が同心に合図をした。

「来い」

　同心が昼兵衛の左肩を押さえた。

「後悔なさいますよ」

　昼兵衛が笹間を睨んだ。

「やかましい。入れ」

　同心が昼兵衛を力ずくで、牢に放りこんだ。

「逃がすなよ。拙者はお奉行へ報告してくる」

笹間が見張りを厳命して大番屋を後にした。

「大事ないか」

山形が気遣った。

「大丈夫でございますよ」

「どうして身分を明かさなかった」

尾張藩士格を表に出せば、大番屋とはいえ昼兵衛を留め置くのは難しい。

「それでは、山形さまを残すことになりましょう」

先ほどの桶屋の辰ていどの小物ならば、尾張藩という看板でなにもできなくなるが、手慣れた町奉行所の与力ともなれば、身分に引いてもそれ以上の譲歩はしない。

尾張藩とゆかりもない山形の身柄の解放は望めない。

「山形さまだけならば、無理を押しつけかねません」

「……すまぬな」

山形が頭を下げた。付け火をしたうえ襲い来た忘八を撃退したのならば、何人斬ろうが罪にはならない。なにせ、忘八には人別がないのだ。人別がないのは幽霊と同じである。幽霊を斬ったからといって罪には問えない。だが、忘八だと吉原が認めなかったとき、話はややこしくなる。山形が身元不明な男を殺したと形が変わりかねなかった。

「わたくしがいれば、少しでもお手助けできましょう」

「かたじけない」

「いえいえ。もとは、わたくしの店が原因でございまする。こちらこそ申しわけなく思っておりまする」

昼兵衛は深く頭を下げた。

「お奉行さまがお出《い》でになるまでは、なにもございますまい。休みましょう」

昼兵衛は横になった。

「剛胆だとは思っていたが……おぬし、やはりもとは武家だな」

山形が感心した。

「もとも今もございませんよ。わたくしはただの妾屋でございまする」

そう言って昼兵衛が目を閉じた。

二

会所忘八たちを帰した常盤屋善兵衛は、身支度を整えることもなく見世を出て、西田屋を目指した。

西田屋は大門を入って最初の辻を東に曲がったすぐにある。

「きみがててはおられるかい」

「これは常盤屋の旦那さま。きみがててはは奥に」

「あがらせてもらうよ」

忘八の案内を待たず、常盤屋は奥へと進んだ。

「西田屋さん。常盤屋でございます」

「どうしたんだい。見世は忙しいころだというのに」

西田屋甚右衛門が驚いた。

もともと吉原は昼だけであった。それが茅場町から浅草田圃《たんぼ》へ移転するときの条件として、昼夜営業を許された。

その後は昼よりも夜のほうが繁盛している。当たり前である。誰でも仕事を休んで遊ぶより、終えてからのほうが気楽なのだ。暮れ六つ（午後六時ごろ）から四つ（午後十時ごろ）を過ぎるまで、吉原はどこの見世も多忙であった。

「それどころじゃございませんよ。妾屋の……」

「失敗したのか。おいっ」

聞いた西田屋甚右衛門が手を叩いた。

「なんでございましょう」

忘八が顔を出した。

「伍作は戻ってきてないのか」

「いいえ。まだ」

問われた忘八が首を左右に振った。

「まずいな」

「探してきましょうか」

「いや、いい。下がれ」

気を利かせた忘八に西田屋甚右衛門が手を振った。

「どういたしましょう」

常盤屋が訊いた。

「三浦屋の会所に知られたくらいならば、儂《わし》が押さえる。吉原惣名主の力があれば、忘八の掟破りをもみ消すくらい、さほどの難事ではない」

西田屋甚右衛門が胸を張った。

徳川家康から吉原設立の許可を受けた庄司甚内《しょうじじんない》の子孫が西田屋甚右衛門であった。その先祖の功績から、子孫である西田屋が代々吉原惣名主を受け継いできた。

「お願いをいたしまする」

常盤屋がほっと息を吐いた。

「きみがてて」

ふたたび忘八が来た。

「なんだ。来客中だぞ」

西田屋甚右衛門が機嫌の悪い声を出した。

「申しわけございやせんが、桶屋の親分さんが、きみがててに会いたいと」

「桶屋の……」

「…………」

常磐屋と西田屋甚右衛門が顔を見合わせた。

「妾屋の一件について話があるとのことで」

忘八が付け加えた。

「断れぬな。お通ししろ。酒の用意も忘れるな」

「へい」

嘆息しながら西田屋甚右衛門が命じた。金をたかるだけだが、後ろには幕府がいる。手抜きはすぐにばれる。

「こちらで」

忘八に先導されて、桶屋の辰が現れた。

「忙しいときにすまねえな。できるだけ早く話をしておいたほうがいいと思ったのでな」

桶屋の辰が立ったまま告げた。

「親分さん、ようこそお出でくださいました。どうぞ、こちらへ」

さっと西田屋甚右衛門が上座《かみざ》を譲った。

「すまねえな」

堂々と桶屋の辰が上座へ腰を下ろした。

「常磐屋じゃねえか。ちょうどよかった。あとで寄らなきゃいけねえと思っていたんでえ」

「ご無沙汰をいたしております」

手をあげた桶屋の辰に、常磐屋が頭《こうべ》を垂れた。

「さて、前置きはなしでいくぜ。西田屋、伍作を預かっている」

「それは……」

西田屋甚右衛門が息を呑んだ。

「ようの遺体もある。他に名前は知らないが、右腕を斬られた忘八もな」

「………」

常磐屋が震えた。

「だいそれたことをしでかしてくれたなあ」

桶屋の辰が二人を見た。

「なんのことでご……」

「白《しら》を切るなら、伍作は奉行所へ引き渡すことになるぞ」

「……………」

ごまかそうとした西田屋甚右衛門が黙った。

「……おいくらで」

西田屋甚右衛門が苦い顔をした。

「そうこなくてはな。一箱」

にやりと笑って桶屋の辰が指を立てた。

「百両で」

「ちゃんと他人《ひと》の話は聞きな。一箱、千両だ」

問い返す西田屋甚右衛門に桶屋の辰があきれた。

「げっ」

「うわあ」

西田屋甚右衛門と常磐屋が驚愕《きょうがく》した。

「千両……いくらなんでも多すぎましょう」

「そうかい。吉原が生きるか死ぬかというんだ。千両なら安いと思うぜ。一日千両稼ぐなら、一日分だ」

　桶屋の辰がなんでもないだろうと言った。

　当時、江戸でもっとも大きな金が動くとされたのが、吉原、魚河岸《うおがし》、そして芝居座で、一日千両の金が飛び交うと言われていた。

「吉原の見世と揚屋《あげや》全部で割れば、一見世あたり十両ほどだろう」

「出すはずありません」

　大きく西田屋甚右衛門が首を左右に振った。

「他《よそ》の見世のあずかり知らないことだからか」

「知っていて……」

「山城屋には口があるからなあ」

　裏の事情も知っていると桶屋の辰が述べた。

「あの野郎が」

　西田屋甚右衛門が苦虫を嚙《か》み潰《つぶ》したような顔をした。

「なんなら三浦屋へ行ってもいいんだぜ。あれだけの大店《おおだな》となれば、あっさり一箱出すだろう。いや、もうちょっと色をつけてくれるかもな」

「……くっ」

三浦屋の名前を聞いた西田屋甚右衛門が頬をゆがめた。

「この話を三浦屋が知ったら、西田屋、おめえ吉原惣名主でいられなくなるよなあ。もっとも、吉原惣名主を降りて隠居したほうがいいんじゃねえか。見世もうまくいってないと聞くぜ。吉原一の老舗《しにせ》ながら、太夫《たゆう》を育てるだけの余裕がないんだろ」

「な、なにを……」

西田屋甚右衛門の顔色が白くなった。

吉原の看板と言われる太夫は、見目麗しいだけでは務まらなかった。大名や豪商と話ができるだけの知識も要った。舞や歌は当然、詩、茶、華、香道などで宗匠が務まるだけの器量を身につけるとなれば、莫大な費用がかかった。そのうえ、太夫には数名の遊女を付けなければならず、衣装も安い遊女のように、すぐことに及べるよう一枚だけというわけにはいかない。京の西陣とまではいかなくとも、絹で作った豪華絢爛《けんらん》な衣装がいくつも要った。もちろん、それらの費用すべては、遊女個人の借財として加算されるが、とりあえずは見世が立て替えることになる。その費用を払うだけの余力を、西田屋はとっくに失っていた。

「見世と吉原惣名主を合わせて千両で三浦屋に売ったと思えばすむ話だ。では、邪魔をしたな」

桶屋の辰が腰を上げかけた。

「ま、待ってくれ」

西田屋甚右衛門が止めた。

「値切りなら受け付けねえよ。もう一つ、これは言わずもがなだが、おいらになにかあれば、伍作たちが町奉行所に届く手配もすんでいる。そうよなあ、あと半刻（約一時間）以内においらが、大門を出なければな」

「ううう」

釘《くぎ》を刺された西田屋甚右衛門がうなった。

「ぶ、分割を……月々百両では」

横から常磐屋が口を挟んだ。

「それならば八軒で負担すれば、一軒あたり十両と少し」

西田屋甚右衛門がのった。

「なにを言われるので。今回のこと、中心となったのは西田屋さんでございまする。

半分は負担していただかないと」

「半分、なにを言う」

思わぬ攻撃に西田屋甚右衛門が目を剝いた。

「当然でございましょう。ことがなったとき最大の実りを手にされるはず。ならば、失敗したときの責任も重くて当たり前でございましょう」

常磐屋が言い返した。

「なんだと」

西田屋甚右衛門が怒った。

「おいおい、門限のある話だとわかっているのか」

桶屋の辰があきれた。

「分割でも支払うかどうか、今返事をしな。五つ数える間になければ、終わりだ。一つ、二つ……」

業《ごう》を煮やした桶屋の辰が指を折った。

「……わかった。分割でお願いする」

一度常磐屋を睨んで、西田屋甚右衛門が返答した。

「けっこうだ。ああ、言わずともわかろうが、分割だとその手間分費用は増えるのが常識だ。月百両の十二ヶ月払いだぞ」

「そんな」

「無茶な」

喧嘩《けんか》していた二人がそろって異議を口にした。

「なにを言ってやがる。金の支払いとはそういうものだろう。利子だ。嫌なら……」

「わ、わかった」

部屋を出かけた桶屋の辰に西田屋甚右衛門が折れた。

「では、一札書いてもらおうか。文面は借金の証文としてもらおうか。私儀西田屋甚右衛門は、桶屋辰蔵さまより千両借り受けました。毎月百両の十二ヶ月分割で返済をいたしまする。そして保証人としてお仲間の方々の裏判をつけてくれ。明日の昼にはいただきに来るから、しっかり用意しておけよ。もちろん、一回目の返済である百両もな」

桶屋の辰は抜け目がなかった。

「伍作たちはいつ」

「証文と金をもらって、大門を出たら居所を書いた手紙を使いに持たせる」

西田屋甚右衛門の問いに、桶屋の辰が答えた。

「百両と証文をただ取りする気ではなかろうな」

「お互い信用できないんだ。そのへんはあきらめろ。先渡しなんぞするわけないだろう。なにより、そっちが弱い立場だとわかっているのか。吉原の命運とまでいかなくとも、おめえとお仲間の首がどうなるかは、おいらが握っているんだ」

桶屋の辰が鼻であしらった。

「くそっ」

西田屋甚右衛門が歯がみをした。

「そういえば、山城屋はどうなった」

「ようやく思い出したか」

問うた西田屋甚右衛門へ、桶屋の辰が嘆息した。

「大番屋へ自訴しに行ったぞ。今頃はすべての経緯を話しているんじゃねえか」

「まずいですよ、西田屋さん」

聞いた常盤屋が焦《あせ》った。

「落ち着きなさい。そのていどでは、どうということはありません」

常盤屋を宥《なだ》めながら、西田屋甚右衛門が険しい目で桶屋の辰を見た。

「もう少し値上げがききそうだな」

桶屋の辰が口の端をあげた。

「大門内に町方は介入しない。その代わり、吉原は大門外に出ない。その約定《やくじょう》を破ったのだ、おめえたちは。つまり、町奉行所は大門内に入れる」

「あっ」

気づいた常盤屋が驚愕した。

「町奉行所がわたくしたちを捕まえに来る」

常盤屋が泣きそうな顔になった。

「証拠があれば……でございましょう」

苦い口調で西田屋甚右衛門が応じた。

「そして、その証拠となるのが伍作たち」

「そうだ。いかに山城屋が話をしたところで、証がなければ町奉行所は動かない。

なにせ、吉原は神君《しんくん》家康さまのお許しを得たご免色里《いろざと》だからな。だが、伍作たちが町奉行所の手に入れば話は変わる。そちらから先に破ったんだ。待ってましたと町方が、大門を潜るだろうよ。今まで罪人が逃げこんでも追いかけられなかった吉原に手を入れられるんだ。そして、一度でも大門内に町方が入れば、あとはなし崩しだ」

「それだけは避けねばならぬ」

桶屋の辰の話に、西田屋甚右衛門が述べた。

吉原は御法度の固まりであった。

まず人身売買である。幕府は二代将軍秀忠《ひでただ》のとき、農村の人口減少の原因となる人身売買を禁じた。さらに人身売買の抜け道となる期限なしの年季奉公も認めないと通達した。

そこで吉原は、すべての遊女の年季奉公を二十八歳までとすることで、幕府の目を逃れた。とはいえ、好きこのんで娼妓《しょうぎ》になる女はいない。ほとんどが借金の形《かた》として遊女屋に勤めるのだ。毎日客が引きも切らない売れっ子ならば、年季明けまでに借財を返し終わることもあるが、そうでない妓では、まず年季は明けても借財がなくならない。ほとんどの妓は二十八歳になっても借財を抱えている。年季明けだからといって解放されなかった。

借財の残った妓が二十八歳になったら、どうするのか。残った借財を別の見世に肩代わりさせ、新たな年季奉公を始めさせるのだ。一応、最初の見世での奉公は終わっているため、期限のない年季奉公という幕府の禁令には触れない。借財がなくなるまでこれを繰り返す。

不特定多数の男と閨を共にする妓は病《やまい》をもらいやすい。下《しも》の病だけでなく、労咳《ろうがい》や皮膚疾患などにかかる。かといって療養などさせてもらえない。当然、妓の寿命は短い。それこそ、最初の年季明けまでもたない者が続出する。年季が明け、生きて大門を出ていける女は一握り。そう、吉原はほぼ終生奉公、年季なしの無限奉公の形が変わったものだった。

次に折檻があった。どこの遊女屋でもそうだが、言うことをきかない妓や忘八たちに制裁を加えていた。叩くとか食事を抜くくらいならば、大門外でもままあることだが、吉原の仕置きは限度をこえていた。

炎天下水を与えず、庭木にくくりつけておく、あるいは極寒の冬、水を浴びせたうえで屋外に放置する。これなど生やさしいほうであった。

　吉原で有名な仕置きに桶伏せというのがある。これは主として逃げようとした妓におこなわれるもので、小さな窓を開けた桶を伏せ、そのなかに妓を入れる。そして一日一度、塩のきいた握り飯だけを与える。腹が減るので握り飯を食えば、喉《のど》が渇く。だが水は与えられない。飯を食わなくとも十日やそこら人は生きていけるが、水なしでは三日でも辛《つら》い。泣くように水を求めても与えられない。妓は喉の渇きに耐えられず、己の小便を飲む。すると一層喉が渇く。やがて、小便も出なくなり、それこそ死ぬ一歩手前まで追いやられる。一度でもこの仕置きを受けた妓は心を折られ、見世が出すどのような命令でも受け入れるようになる。これもあきらかに違法であった。

　そしてなによりまずいのは、忘八であった。

　忘八は世間で罪を犯し、逃げこんできた男がほとんどであった。吉原の無縁を利用して、町奉行所や諸藩の追捕を逃れている。無縁とは、世間とかかわりがないとの意味であり、生きている者としての扱いを受けないことである。吉原の忘八は死人として扱われた。死人を捕まえて罪を償わせたり、借金を取り立てることはできない。忘八のなかには、人殺しや盗人などが潜んでいた。それを知っていながら、見世の主は使っているのだ。なにせ、吉原を追い出されたら、即座に捕まり、まずまちがいなく三尺高い柱の上で命を失うとわかっているのだ。どれだけ賃金が安かろうが、待遇が悪かろうが文句を言わない。これは犯人隠匿の罪にあたった。

「吉原が、我が先祖が作りあげた吉原が潰れる。それだけは防がなければならない」

西田屋甚右衛門が宣した。

「そのためならなんでもする」

「まずは、金策だろう」

決意した西田屋甚右衛門へ、桶屋の辰が嫌らしい笑いを浮かべた。

「じゃあ、明日な」

桶屋の辰が部屋を出かけたところで足を止めた。

「ああ。そうそう。今後、おいらの遊びに、金は要らねえよな」

「なっ」

「どこまで強欲なのだ」

ただで妓を抱かせろと言った桶屋の辰に、西田屋甚右衛門と常盤屋が憤った。

「吉原の救い主だぞ。それくらいしても罰はあたるめえ」

笑いながら、桶屋の辰が去っていった。

「西田屋さん」

「……おい」

常盤屋が迫ってくるのを、手で制した西田屋甚右衛門が忘八を呼んだ。

「お呼びでございますか」

すぐに忘八が顔を出した。

「与蔵《よぞう》か」

一瞬、西田屋甚右衛門が嫌な顔をした。与蔵は忘八頭だったが、火付けを命じた西田屋甚右衛門に反対し、ただの忘八に落とされていた。

「いや、ちょうどいいか」

西田屋甚右衛門が思い直した。

「今出ていった男を知っているな」

「桶屋の辰蔵親分でございまするか」

与蔵が確認した。

「そうだ。その辰の後をずっとつけなさい」

「つける。見つからないようにで」

「当たり前のことを訊くな。辰がどこに行き、誰に会ったのか、逐一見てこい」

「見てきてどうしろと」

妙な命令に与蔵が首をかしげた。

「おめえは、黙って言うとおりにしていればいい。いいか、これは吉原を守るためだ。きみがててとして命じる」

「……へい」

きみがててての言葉は絶対であった。与蔵は首肯した。

「言わなくてもわかるだろうけど……看板は脱ぐんだよ。見つかっても西田屋の忘八だとわからないようにしなさい。万一捕まっても、決して口を割るんじゃない」

「承知いたしやした」

無茶な指示を受けた与蔵が、一礼して下がっていった。

「見つかりますか。伍作たちの居場所」

「ますかではない。見つけなければならぬ」

気弱な常磐屋を西田屋甚右衛門が叱った。

「桶屋の辰は金でどうにでもなる。伍作を取り戻したならば、始末してしまえばい い」

「証文は残りまするぞ」

「そんなもの、吉原は無縁だ。生き証人さえいなければ、いくらでもごまかせる。大門内を守れれば、外の連中などなにもできぬ」

踏み倒すと西田屋甚右衛門が言った。

「それよりも……」

西田屋甚右衛門が爪を噛んだ。

「妾屋が問題だ」

「大番屋に自訴しに行ったとか」

常磐屋が述べた。

「なんとか始末せねば……」

「もう放っておかれたらいかがでございまするか。妾屋を吉原の支配下に置くというのも、あきらめて……」

「馬鹿を言うな。どれだけの金を遣ったと思うのだ。取り返せねば見世がもたぬ」

勧める常磐屋に、西田屋甚右衛門が厳しい口調で言った。

「こちらから手出しをしなければ、向こうからわざわざ大門内まで来ることはございますまい。これ以上損害が出ないうちに」

常磐屋が西田屋甚右衛門を宥めた。

「吉原が妾屋風情を怖れて、引っこめるか」

西田屋甚右衛門は怒っていた。

「しかし、現実、山城屋には勝てておりませぬぞ」

常磐屋が強く言った。

「勝てる相手を使えばいい。山城屋の用心棒を殺せるだけの男をな」

「そのような者、そうそうおりますまい。たとえいても、我らに与《くみ》してくれるとは限りませぬぞ」

提案の無理に常磐屋が首を左右に振った。

「いいや、いる」

「どこに」

あきれぎみに常磐屋が問うた。

「吉原の御法度である馴染み遊女一人かぎりを破っている浪人者を使う」

「…………」

常磐屋が絶句した。

吉原の決まり、客は決まった遊女と仮の夫婦《めおと》となり、他の女とは寝ないとの馴染み制を破っている山形のことを知らない遊女屋の主はいない。

「お、お待ちを。あの浪人こそ、山城屋の用心棒でございますぞ」

一瞬呆然とした常磐屋があわてた。

「だからこそ、効果抜群であろう。味方がいきなり敵になる。関ヶ原の戦いを決めた小早川秀秋《こばやかわひであき》と同じだ」

「そう簡単にいきますか」

考えが甘いのではないかと常磐屋が危惧した。

「嫌だと言えば、あやつの馴染み遊女を法度破りの咎で、桶伏せにすると脅せばいい」

なんでもないことだと西田屋甚右衛門がうそぶいた。

「……なっ」

西田屋甚右衛門の悪辣《あくらつ》さに常磐屋が言葉を失った。

「で、でも、用心棒は大番屋でございますよ」

「いつまでも捕まっちゃあ、いないだろう」

「町奉行所に手配をして……」

吉原から金をもらっている町方役人は多い。常磐屋が裏から手を回せばと提案した。

「だめだな。未《いま》だに町方からなにも報せてこない。これは我々が払っている鼻薬《はなぐすり》以上のもので縛られている証だ」

便宜を図る約束で金を渡している。吉原の妓が火付けをした。これほどの大事ならば、桶屋の辰より早く、与力同心の誰かから一報が入っていなければならないはずであった。

「さてと」

西田屋甚右衛門が腰を上げた。

「どちらへ……」

「山本屋さんだよ。掟破りの話をしなければならないからねえ」

尋ねられた西田屋甚右衛門の顔色は、蒼白《そうはく》から普段のものへと戻っていた。

三

十一代将軍家斉《いえなり》の寵臣《ちょうしん》である林出羽守忠勝《ただかつ》の帰宅は遅い。小姓組頭として、家斉が大奥へ入るまで側《そば》に仕えているからであった。また、お気に入りというのもあり、林出羽守は当番非番の区別なく、連日務めをしていた。

「訪れるには遅いが、大事ござらぬか」

新左衛門が八重に確認した。

「お任せくださいませ」

八重は堂々としていた。

「では、声をかけるぞ」

八重の様子を見てから、新左衛門は屋敷の潜り門を叩いた。

「ご免くだされ」

「なんじゃ」

門の右手に設けられた無双窓が少し開き、誰何《すいか》の声がした。

「拙者奥州《おうしゅう》浪人大月新左衛門、こちらは菊川八重どのでござる。山城屋の使いとして参りました。出羽守さまにお取り次ぎを願いたい」

「山城屋……しばし待て」

そう言った門番が玄関へと走っていく音がした。

「よくしつけされておられるな」

「出羽守さまのお人柄でございましょう」

夜分だというだけであしらわず、ちゃんと対応する。二人は顔を見合わせて感心した。

「入られよ」

少し待っただけで、潜り門が開けられた。

「玄関で用人がお待ちいたしておりまする」

門番がていねいに教えた。

「かたじけなし」

礼を言って、新左衛門は八重を連れて玄関へと向かった。

「山城屋どののお使いか」

玄関式台に用人が座っていた。

「大月新左衛門でござる」

「菊川八重でございまする」

二人が名乗った。

「当家の用人でござる。まことに無礼ながら刻限が刻限ゆえ、ここでお待ち願いたい」

「けっこうでござる」

旗本の屋敷に浪人が来たところで、門前払いされるのが普通であった。玄関先でも応対してもらえるだけありがたかった。

「久しいの」

待つほどもなく奥から林出羽守が出てきた。

「ご無沙汰をいたしておりまする」

新左衛門が頭を下げた。

かつて将軍家拝領品を巡る騒動のおり、新左衛門は林出羽守と出会い、仕官を求められていた。

「吾に仕える気になってくれたか」

「お心はかたじけのうございますが……」

「ふむ。まだ足らぬか。その気になればいつでも申せよ」

「ありがとうございまする」

ふたたび声をかけてもらったことに新左衛門は謝意を表した。

「お目通りをいただきましたこと、感謝いたしまする」

八重は林出羽守に礼を述べた。

「菊川八重、そなたはどうじゃ。上様のお側にあがってくれるか」

「いいえ」

はっきりと八重は否定した。

「では、どうした」

「出羽守さまは、山城屋と吉原が争っているのをご存じでございまするか」

「……知っている」

八重の質問に、林出羽守が首肯した。

「吉原がなにかしてきたな。山城屋はどうした」

林出羽守の雰囲気が変わった。

「じつは……」

今日あったことを八重が語った。

「愚かな」

大きく林出羽守が首を左右に振った。

「吉原惣名主がそこまで馬鹿だとは思わなかった。やはり、吉原からご免色里の看板は取りあげなければならぬ。このていどの輩《やから》に神君家康さまのお名前を使わせるわけには参らぬ」

林出羽守が腹を立てていた。

「対して、山城屋は見事である。自ら大番屋へ出向くとはさすがとしか言えぬ」

「どういうことでございましょうや。お伺いいたしたく」

新左衛門は首をかしげた。

「そうしなければ、なんとかと申した御用聞きがかならず手を打ったはずだ。己に手札を預けてくれている同心か、与力に連絡してな」

「お言葉ですが、山城屋は尾張藩士の格を持っております。町方ではどうにもできますまい」

新左衛門が疑問を口にした。

「山城屋は大丈夫でも、もう一人の浪人者は逆らえまい。町方が私用として雇っているだけの御用聞き相手ならば脅しも利くが、同心にはつうじぬぞ。どころか、下手《た》をすればお尋ね者にされかねぬ」

浪人は侍身分ではなく、庶民として扱われる。町方の正式な要請を断ることはできなかった。

「おぬしや八重も同じだ。町方には抗《あらが》えまい。ゆえに山城屋はことを大きくするために大番屋へ行ったのだ」

「考えが足りませなんだ」

説明を聞いた新左衛門が反省した。

「もう一つ……」

林出羽守が八重を見た。

「吾のもとへ来たのは、山城屋の指示か」

「いいえ。わたくしが考えました」

八重が告げた。

「ふん。大奥での貸しを返させようと考えた。山城屋もそれを読んでいたはずだ」

「おそらく」

林出羽守の意見に、八重が同意した。

「金で返せたとは思っていなかったから、ちょうどよい。力を貸してやる」

「ありがとう存じまする。これで終わりにさせていただきまする」

八重が礼を述べた。

「聡い女は好ましいぞ」

林出羽守が褒めた。

「おい、坂部能登守《さかべのとのかみ》のもとへ使いを出す。手紙を一通書くゆえ、届けさせよ。では、もう帰れ」

用人に指示をしつつ、林出羽守が手を振った。

「山城屋め。吾の思惑を読んでいたな」

新左衛門と八重が帰ったあと、居室に戻った林出羽守が苦い顔をした。

「上様《うえさま》のお膝元に、公儀の力を受け付けぬ場所があるなど論外。だが、神君家康さまがお許しになられたとなれば、生半可《なまはんか》なことでは手出しができぬ。吉原が妾屋に手を伸ばしていると聞いたとき、利用できると思ったのはたしかだ。しかし、うまく吾を誘導したな。吾は小姓組頭、本来ならば吉原のことに口出しはできぬ。だが、借りを返すための口利きならば、さして問題ではない。山城屋め、八重を使って、吾に動く名分を与えおったわ」

一人林出羽守が嘆息した。

「逃がせぬな。山城屋、八重、そして大月ともう一人の浪人。うまく使えば、江戸の城下を気にしなくてすむようになる。さすれば吾は上様のことだけに専念できる」

手紙を書きあげた林出羽守が呟いた。

南町奉行坂部能登守広吉は、役宅で書付の処理をしていた。

町奉行は将軍のお膝元の治安を引き受けている。天下の城下町には諸処からいろいろな人が集まるだけに、もめ事は尽きなかった。年中夜中もかかわりなく、騒動が起こる。それに対処するのが町奉行所であり、後始末をするのが町奉行の仕事であった。奉行所にいるだけでは、とても仕事は終わらない。在任中の病気死亡が他役に比べて突出していることからも、町奉行の激務が知れた。

「林出羽守さまより、至急のお手紙が」

用人が執務室へと手紙を持ってきた。

「貸せ」

坂部能登守が手紙を読んだ。

身分からいけば、町奉行である坂部能登守のほうが上になる。だが、実際は将軍家斉の寵愛深い林出羽守のほうが権を持っていた。事実、大坂町奉行だった坂部能登守を町奉行に引きあげたのは、その才を見抜いた林出羽守であった。坂部能登守は、それに恩を感じ、林出羽守の指示に従っていた。

「…………」

手紙を読み終わり、文箱《ふばこ》へと仕舞った坂部能登守は、無言で仕事に戻った。

「お奉行さま。吟味与力の笹間がお目通りを願っておりまする」

小半刻（約三十分）ほどしたところで、用人がまた声をかけた。

「……来たか。通せ」

すぐに坂部能登守は許可した。

「夜分、失礼をいたしまする」

一応の詫びを言いながら、笹間が座敷に来た。

「かまわぬ。なにがあった」

書付を読みながら、坂部能登守が問うた。

「じつは……」

笹間が事情を語った。

「山城屋……妾屋のか」

「ご存じで」

火付け、吉原ではなく、山城屋の名前に引っかかった坂部能登守に、笹間が驚いた。

「いや、気にするな。吉原が絡んでいるとなれば、簡単には取り扱えぬな。わかった、大番屋へ出向く」

坂部能登守が書付を置いた。

町奉行の役宅は奉行所に隣接していた。南町奉行所は呉服橋門のなかにあり、茅場町の大番屋は近い。なにより、町奉行は騎乗を許されている。もっともかつての由井正雪《ゆいしょうせつ》の乱のような大事件でもないかぎり町奉行が馬で出かけることなどまずない。馬の用意に手間取り、坂部能登守が大番屋に着いたのは、すでに四つ（午後十時ごろ）を大きく過ぎていた。

「町奉行坂部能登守さまである。控えよ」

残っていた同心が大声で昼兵衛と山形に平伏するように言った。

「…………」

「ふん……」

昼兵衛は無言、山形は鼻を鳴らしたが両手をついて頭を垂れた。

「坂部能登守である。面《おもて》をあげよ」

牢の前に立って、坂部能登守が声をかけた。

「お初にお目にかかりまする。浅草で口入れ屋を営みまする山城屋昼兵衛でございまする」

「河内《かわち》浪人、山形将左」

二人が名乗った。

「話は笹間より聞いたが、正確を期したい。もう一度申せ」

「お奉行さま」

信用していないと言われたも同然である。笹間の顔色が変わった。

「控えよ。きさまらが吉原から金を受け取っているのを、余が知らぬとでも思ったか」

坂部能登守が笹間を睨んだ。

「…………」

笹間が黙った。

「牢を開けよ」

「それは……」

笹間が渋った。

「少なくとも、家を燃やされた山城屋は被害者であろう。牢に入れる理由はない」

「仰《おお》せではございますが、山城屋は妾屋でございまする。妾屋とは……」

「知っておる。説明など不要だ」

話をしようとした笹間を坂部能登守が制した。

「……はい。では、ご存じでございましょう。妾屋が恨みを買う商売だと」

「買っているのか」

坂部能登守が昼兵衛に訊いた。

「逆恨みなら買っておりましょう」

「黙れ、お奉行さまに直答《じきとう》など身分をわきまえろ」

笹間が昼兵衛を怒鳴りつけた。

「逆恨みであろうが、恨みを買っているには違い……」

「おもしろいことを申すな、笹間」

坂部能登守が大声で主張する笹間に顔を向けた。

「恨みを買ったなら、家に火を付けられてもしかたないと」

「……い、いえ」

「家を燃やされただけでなく、牢に入れられても当然だと言うのだな、そなたは」

「そういうわけでは……」

冷たい声で坂部能登守に言われた笹間が蒼白になった。

「山城屋、吉原との確執はなぜだ」

「吉原が妾屋は隠し遊女を斡旋しているので取り締まれと奉行所へ訴え出たことに端を発しております る」


坂部能登守に問われて、昼兵衛は答えた。

「笹間どうだ」

「金をもらって男に抱かれるのは、御法度でございまする」

笹間が応じた。

「金だけか」

「いえ。金だけでなく、ものでも同じでございまする」

念を押された笹間が付け加えた。

「ならば、妾は問題ないな」

坂部能登守が告げた。

「えっ」

「さすがはお奉行さまでございまする」

驚いた笹間に対し、昼兵衛は感心した。

「教えてやれ」

わかっていない笹間を見た坂部能登守が昼兵衛へ命じた。

「では、失礼して。笹間さま、妾が隠し遊女ならば、将軍家や大名家のご側室もそうなりまする」

「なにを言う。そのような……」

途中で笹間が口を閉じた。

「気づいたようだな。側室には金ではなく扶持が与えられる。先ほど、金以外のものでももらえば遊女だと申したのは、そなたよな。お内証《ないしょう》の方《かた》さまもそうだというわけじゃ」

「……………」

笹間が黙った。お内証の方とは、十一代将軍家斉のもっとも寵愛深い側室であった。

「わかったか。妾屋に対する吉原の申し出は、単なる言いがかりであると」

「はい」

大きく肩を笹間が落とした。

「では、二人を牢から出せ」

「お待ちを、お奉行さま。山城屋はわかりましたが、浪人者は人を斬り殺しておりまする」

笹間が抵抗した。

「殺されたのは忘八だと聞いたが」

「証拠がございませぬ」

笹間が言い張った。

「忘八だとわかれば、よいのだな」

山形が口を出した。

「山城屋、手だてはあるだろう」

「ございまする。和津さんに走ってもらいましょう」

すぐに昼兵衛が手配すると言った。

「吉原から確認の忘八を呼ぶつもりだな」

坂部能登守が見抜いた。

「さようでございまする」

「それならば、こちらから出してやろう。町奉行の手先ならば木戸番に一々説明せずともよいだろう」

坂部能登守が助け船を出した。

江戸の町には夜になると閉まる木戸があった。町内ごとに設けられ、暮れ四つ(午後十時ごろ)に閉められた。とはいっても、木戸の隣にいる番人に声をかければ、潜りを開けてもらえ、通行はできるが、面倒であった。それを坂部能登守は省いてくれた。

「お願いできましょうや」

「うむ。笹間」

坂部能登守が笹間に命じた。

「はっ。そなた行け」

大番屋の土間の片隅に控えていた小者に、笹間が顎をしゃくった。

「へい」

小者が駆けだしていった。

「忘八が来るまで少しあるな。そこに座れ」

茅場町から浅草までの往復である。急いでも一刻（約二時間）以上かかる。坂部能登守が牢から出た昼兵衛に腰を下ろすようにと告げた。

「ご無礼をいたしまする」

町奉行の言葉である。昼兵衛は素直に従った。

「さて、山城屋、他にも話しておくべきことがあるだろう」

坂部能登守が昼兵衛を促した。

「あいにく、ございませんが」

昼兵衛は首をかしげた。

「ふむ」

腕を組んだ坂部能登守が昼兵衛を見つめた。

「笹間、遠慮せい」

「お奉行さま。このような得体の知れぬ者と密談なさろうなど、ご身分をお考えいただきたい」

他人払《ひとばら》いをという坂部能登守の指図に笹間があわてた。町奉行が幕府の命で着任し、離任していくのに対し、町方の与力、同心は世襲制である。代々、その役目に就いているだけに精通し、町方の協力なしに町奉行は務まらない。町方独自の慣習も多い。これらのためか、与力は町奉行所を動かしているのは我らだとの自負が強く、町奉行をないがしろにすることも多々あった。

「町奉行として話をするのではない。一人の旗本として、訊きたいことがあるのだ」

「……町奉行ではなくと言われるならば、大番屋の使用はご遠慮くださいませ」

笹間が注文を付けた。

「たしかにそうだの。山城屋、少し出られるか」

「よろしゅうございますが……」

坂部能登守の言葉にうなずきながら、昼兵衛はまだ揚屋に囚《とら》われたままの山形へ目をやった。

「出してやるわけにはいかぬが……そこの同心、そなた名前は」

坂部能登守が、出入り口付近に立っている若い同心へ声をかけた。

「綾部彦之助《あやべひこのすけ》でございまする」

同心が直立不動になった。

「そなたにこの者を預ける。なにかあったときは、その責を負え」

「えっ……」

綾部が啞然とした。

「放逐する」

あまり使われないが、町奉行には配下の与力同心に賞罰を与える権があった。罷免などの大きな人事には、徒目付《かちめつけ》への連絡が要るなどの手順はあったが、謹慎や異動くらいならば、その権限でできた。

「なにもなければ、報いてやる」

「おできになる」

褒賞の約束を忘れない坂部能登守に、昼兵衛は感心した。

「笹間、あまり奉行を甘く見るなよ」

坂部能登守が笹間に釘を刺した。

「逃げようとしたのでやむをえず討ち取りましたなどという言いわけは通さぬぞ」

「…………」

笹間が沈黙した。

「待たせたな。参ろう」

「いえ」

坂部能登守の誘いに、昼兵衛は従った。

四

二人は大番屋から少し離れた辻の角に立った。辻灯籠《つじどうろう》の明かりが二人を薄く浮かび上がらせた。

「これが町奉行というものよ。奉行所の実権は代々町方を世襲する与力が握っている。町奉行がなにをしようとしても、与力、同心が動かねばそれまでだ。気に入らぬ奉行だと、わざと手を抜き、城下を不穏に陥《おとしい》れ、町奉行の手腕不足を作り出し更迭させることもある」

吐き捨てるように坂部能登守が言った。

「今宵《こよい》、余に報せてきたのも、吉原への言いわけよ」

「言いわけでございますか」

昼兵衛があきれた。

「町奉行の命令だったのでどうしようもなかった。これほどの言いわけはなかろう」

坂部能登守が頬をゆがめた。

「たしかに仰せのとおりでございまする」

聞いた昼兵衛も笑った。

「じつはな、少し前に与力を通じて釘を刺していたのだ。妾屋に手を出すなとな」

「林さまでございますな」

昼兵衛は裏に林出羽守の影を見た。

「そうだ。だが、止められなかった。おそらく、吉原へ伝えてもおるまい。そのようなまねをすれば、金主《きんしゅ》の反発を買うと考えたのだろう。当たり前よな。己の言うことを聞かすために、金を払っているのだからな」

「お奉行さまのご指示を無視する。それほどの金が吉原から……」

「いたしかたないことなのだがな」

少しだけ坂部能登守の雰囲気が柔らかくなった。

「町方は町人とつきあわねばならぬ。武家ならば身分で押さえこめても、町民、とくに商人たちは無理だ。かといって町民との意思疎通なしで、治安など保てるはずなどない。となれば、親しく交際し、人と人の関係を築きあげていくしかない。そのために、一緒に飯を食い、酒を飲むときもある。だが、その費用を出せるほどの禄《ろく》を町方はもらっておらぬ。与力でようやく二百石《こく》、同心は三十俵二人扶持しかない。これでは食べていくのが精一杯で、とてもつきあいの金までは出ない」

坂部能登守が嘆息した。

「御上にそこまで気を回していただくのはむつかしゅうございましょう」

「そうだ。ゆえに多少のことは目をつぶらねばならぬ。厳格に言えば、盆暮れのあいさつも御法度だ。悪習だといって止《や》めさせることはできよう。だが、その反動は
……」

「江戸の治安崩壊でございますか」

昼兵衛がぞっとした。

「お優しいことでございますな。あの与力さまをお救いになった。吉原が求めるものは、騒動のもみ消し。そのために必須なのは証人の排除。与力さまがそれに気づいていないはずはない。しかし、お奉行さまから念を押されてしまえば、どうしようもない。吉原が与力さまを責めようとしたところで、あのお若い同心が証言してくださるでしょうし」

昼兵衛は感嘆していた。坂部能登守は町奉行所の既得権益を陰から守っていた。

「あいつは気づいていないようだがな。どうも町方は、代々の考えが染みついて、まわりが見えなくなるようだ。慣例として同じことを繰り返すだけでいいときは、それでよいのだがな」

坂部能登守が苦笑した。

「さて、出羽守さまとの繋《つな》がりを教えてくれ。この夜中に手紙をよこされるほどだ。よほど親しいのであろう」

「やはり林さまでございましたか」

最初から坂部能登守が味方であった理由に昼兵衛は納得した。

「林さまに掛け合ってくださるとは、さすがは八重さま」

「女が手配を……」

坂部能登守が聞きとがめた。

「大奥での騒動はご存じでございますか」

ここまで力を貸してくれた坂部能登守に隠すわけにもいかなかった。いや、吉原と戦うと決まったのだ。町奉行を敵に回すわけにはいかない。

「内証の方さまの姫、綾《あや》姫さまのご体調の……」

町奉行まで登るだけに坂部能登守は優秀であった。表沙汰にならなかった一件をしっかりと知っていた。

「林さまのご依頼でわたくしが大奥へあげさせていただいたのが、八重さまでございまする」

「ほう」

坂部能登守が目で先を促した。

「少し話は前後致しますが、一時、江戸で拝領ものが……」

さすがに将軍下賜《かし》のものが借金の形や売り買いで商人のものになっていたとは公言できない。昼兵衛は濁した。

「知っている」

「あれには、妾がかかわっておりまして」

「……そうか。拝領ものを手に入れた商家は厳秘する。当然、それを取り返す、あるいは奪いたい者はどこにあるかを知ろうとする。そして男は、抱いた女に甘い。手の者の女を妾として忍ばせたか」

「恐ろしいお方でございますな」

昼兵衛は坂部能登守の賢さに驚いた。

「……無礼を承知で申しあげまする」

「許す」

坂部能登守が許可した。

「今回のこと、林さまがなにをお考えか、おわかりでございましょう」

「吉原の扱いについては、わかっていた。そして、唯一わからなかったことも、理解できたわ」

「唯一わからなかったこと……」

昼兵衛は首をかしげた。

「出羽守さまが、妾屋を気にしておられた訳がわかった」

「妾屋を使って、夜の江戸を管理すると仰せではございましたが……」

林出羽守と話したことを昼兵衛は思い出した。

「出羽守さまは、妾屋ではなく、そなたに興味をお持ちのようだ」

「わたくしでございますか。たしかに手伝えとお言葉をいただいたことはございました……」

昼兵衛は驚いた。

「あきらめるんだな。行くぞ」

大番屋へと足を運びながら、坂部能登守が口にした。

「なにを……」

「あのお方は、欲しいと思ったものをかならず手に入れられる。上様のためになるならば、旗本であろうが、妾屋であろうがな」

「……………」

言われた昼兵衛は黙るしかなかった。

「なにごともございませんでした」

大番屋に入った坂部能登守へ、同心が報告した。

「山形さま」

「退屈だっただけよ。話しかけても返事もしやがらねえ」

昼兵衛の確認に、山形が応じた。

「まだ使いは帰ってこぬな。最後まで見届けたいのだが、仕事が残っておる」

「どうぞ、お気遣いなく。大番屋ほど安全なところはございませぬ」

役宅へ戻ると言った坂部能登守へ、昼兵衛が頭を下げた。

「なにをしている。用がないなら帰れ。大番屋はいつまでもいていいところではない」

坂部能登守がいなくなるのを待っていた笹間が、昼兵衛へ命じた。

「使いが戻ってきておりませんので」

昼兵衛が拒否した。

「こちらでやるゆえ、もう帰れと言っている」

笹間が怒鳴りつけた。

「信用できませんなあ」

「なんだと。与力たる儂が信用できぬと」

「先ほどの同心と同じ穴の狢《むじな》でございましょう」

「……………」

「もう一度お奉行さまにお出でいただきましょうか」

痛いところを突かれて、笹間が黙った。

「お忙しいのだ。お奉行さまの手をわずらわせるわけにはいかぬ」

笹間があわてた。

「……………」

じっと昼兵衛が笹間を見た。

「な、なんだ」

氷のように冷たい目に笹間が震えた。

「これ以上、わたくしどもにかかわられぬのが御身《おんみ》のためでございますよ」

「妾屋風情がなにを申すか。きさまの店など、いつでも潰せるのだ」

笹間が虚勢を張った。

「おやりになれるものならば、どうぞ」

昼兵衛はひるまなかった。

「…………」

脅しが通じないと知って、笹間が沈黙した。

「医者と妾屋はどこの誰と繋がっているかわかりませんよ。妾屋の客には、いろいろなお方がおられますので」

「静かにしていろ」

逆に脅された笹間が折れた。

第三章　妾屋の意地

一

物見高いは江戸の常。

山城屋が火事にあったとの噂は、翌日には浅草中に拡がっていた。

「ご災難でございました」

「お手伝いできることがあれば、なんでもお申し付けくださいよ」

多くの見舞客が昼兵衛を慰めに来た。

「ありがとう存じまする。お願いすることもございましょう。そのときは、よろしくお願いをいたしまする」

焼け跡を片づけながら、昼兵衛は見舞客の対応をしていた。

「旦那」

手に瓦版を持った海老が来た。

「海老じゃないか。おや、できたのかい」

昼兵衛は海老の持ってきた瓦版へ目をやった。

「どうぞ」

「いいのかい」

海老の差し出した瓦版を昼兵衛は読んだ。

「……ふふふふ」

瓦版の内容に昼兵衛は笑った。

「吉原忘八の絵入りかい。よく一夜で作りあげたね」

昼兵衛が感心した。最近、瓦版に挿し絵が入ったものが出だしていた。速報を命とする瓦版で、なかなか絵を入れるだけの余裕は難しいのだが、海老の差し出したものには、看板を背負った忘八が、火の付いたたいまつを持って店に襲いかかろうとしている図が描かれていた。

「しかも看板の名前が西川屋……誰でも西田屋だとわかるねえ」

「なにをおっしゃいますか。西川屋なんて見世は吉原にはございません。これはあくまでも創造《つくりもの》でございやすよ」

笑いながら海老が応えた。

「これを……」

「へい。さきほど浅草寺さんの門前で売りさばいてきやした。あっという間に二百枚売り切れで、今から追加で刷りを入れやす」

瓦版は一枚波銭《なみせん》一枚、四文のものが多い。二百枚で八百文になった。刷り師と絵師に駄賃を払えば、海老の手元に半分も残らないが、二刷り以降は、ほとんど儲《もう》けになる。

「やぶ蛇《へび》になると吉原も文句を言っては来ないでしょうしね。思い切り売って稼いでくださいよ」

昼兵衛が海老の背中を叩いた。

「では、昼前に追加を出したいと思いやすので、これで」

海老が走っていった。

「さて、吉原はどう出ますかねえ」

一人になった昼兵衛は呟いた。

「西田屋を切り捨てて、新しい吉原になるか、それとも心中するか」

昼兵衛が焼け残った柱を見た。

「どちらにせよ、しっかりと落とし前をつけていただきますがね」

口の端を昼兵衛が大きくゆがめた。


呉服屋浜松屋《はままつや》幸右衛門《こうえもん》は、朝からご機嫌であった。

「番頭さん、まちがいないんだね」

「へい。山城屋が焼けましてございまする」

「そうかい、そうかい。自業自得だねえ。このわたしに逆らうからそういう目に遭うんだよ。これで、少しは生意気な妾屋も身の程を知っただろう」

何度目になるかわからない確認をしては、浜松屋は悦に入っていた。

「ちょっと出かけてくる」

「どちらへ」

「浅草寺さんへお参りをしてくるよ。ついでに火事の跡も見てこよう」

行き先を問うた番頭へ、浜松屋が答えた。

「お参りはよろしゅうございますが、火事場跡は、焼け残ったものを盗《と》ろうとする連中も出て物騒。旦那さまのようなご身分のお方が行かれるところではございませぬ」

番頭が止めた。

「先生にご一緒してもらうから、大丈夫だよ。ねえ、小貫《こぬき》さま」

浜松屋が柱にもたれている浪人者に同意を求めた。

「安心してもらおう。拙者が側にいるかぎり、浜松屋どのには、毛ほどの傷もつけさせぬ。甲源《こうげん》流免許皆伝の腕を信じていただこう」

小貫と呼ばれた大柄な浪人者が太刀の柄を叩いた。

「存じあげておりますよ。小貫さまが、今まで何軒もの商家で警固《けいご》を担当され、何人もの盗賊を仕留められたことは」

浜松屋がおだてるように言った。

「番頭氏、お気遣いは要らぬ。浜松屋どのも、火事場で長居をなさるおつもりではなかろう。ちらと燃え跡をご覧になれば、満足されるはずだ」

「もちろんでございますとも。あんな焦げ臭いところに長居をしては、着物に匂いが移ってしまいます」

　小貫の言葉に浜松屋がうなずいた。

「できるだけ早く戻るよ」

「十分ご注意くださいませ」

　手を振りながら店を出る浜松屋に番頭が念を押した。

「小貫先生」

　後に続こうとした小貫の袖《そで》に、すばやく番頭が紙包みを落とした。

「これはすまぬな」

　重さで金とわかった小貫が、頬を緩めた。

「旦那は無茶を平気でなさいます。よろしくお願いしますよ」

「任せてくれ。これでも用心棒で十年以上飯を食ってきたのだ」

　心配する番頭に小貫が胸を張った。

　十年以上用心棒を続けている。これは大きな実績であった。一度でも失敗すれば、悪評が立って仕事がなくなる。これが用心棒なのだ。浪人者があふれている江戸では、用心棒希望も多い。失敗は即、生活の手段を失うことになる。

外から待ちくたびれた浜松屋が声をかけた。

「小貫さま」

「すまぬ。今、参る」

あわてて小貫が浜松屋の後を追った。

「これは、浜松屋さん、お出かけでございますか」

「ちと浅草寺さんへお参りを」

五代続く老舗の呉服屋である。白木屋《しろきや》ほどではないにしても、顧客は大名から大奥、江戸の豪商と多い。道を歩いているだけで、浜松屋には人が寄ってきた。

「今度娘が嫁入りすることになりましてな。衣装をいっさいお任せいたしたい」

「さようでございますか、それはおめでとうございまする。後ほど、番頭を伺わせますゆえ、お嬢さまのご希望をお聞かせくださいませ」

大口の注文に浜松屋がほほえんだ。

「これも観音さまのお陰でございまする。商売は順調、うっとうしかった妾屋も潰れました。ありがとうございまする」

浅草寺の賽銭箱に一朱《しゅ》放りこんで浜松屋がお礼参りをすませた。

「さて、焼け跡を見に行きましょう」

「ああ」

手も合わさず、控えていた小貫が浜松屋の三歩ほど後ろについた。

用心棒は難しい仕事であった。剣の腕が立たなければならないのはもちろんであるが、それ以上に警固の心得が要った。

他人を守る。それには絶えず相手から目を離してはならなかった。警固対象の前に立ってしまえば、後ろからの攻撃に対処できなくなる。複数で任に当たるときはいいが、一人で警固するには、対象を目に入れながら、周囲にも気を配れる少し後ろが最高の場所であった。

「もう少し、ゆっくり歩いていただきたいな。不意に辻から出てきた相手とそのままではぶつかりかねぬ」

小貫が注文をつけた。

「それを防ぐのが、小貫さまのお仕事でございましょう。だてに一日二分《ぶ》などという手間賃をお支払いしているわけではありません」

浜松屋が不足を口にした。

日当二分は、かなりの高給であった。普請《ふしん》現場で力仕事をする人足の日当が、二百六十文ていど、よほど腕の立つ職人で一日一分が精一杯なのだ。二分、銭にしておよそ二千文は、用心棒でも破格であった。

「だからこそ、うるさいことを言わせてもらっている」

小貫が苦い顔をした。

「腕利きの用心棒でも、勝手に動かれては守れぬぞ」

はっきりと小貫が言った。

「それでもというなら、もう一人雇ってくれ。後ろを任せられるだけの男が来たならば、誰にも指一本触れさせぬよ」

「これ以上金を遣う気はありませんよ。まったく、妾屋のお陰で無駄な散財を……」

浜松屋が憎々しげな声を出した。

呉服仕立てを営む浜松屋は、多くの縫子を抱えていた。その縫子をしていた八重に目をつけた浜松屋が、妾になれと迫った。妾奉公は二度としないと決めていた八重が断ると、仕事を取りあげたばかりか、町内に住めないように浜松屋はした。圧力を受けた八重から頼られた昼兵衛が、浜松屋を押さえた。浜松屋はその腹いせに金を撒いて、町方や吉原を使って昼兵衛を陥れようとした。そのすべてを昼兵衛は防いでいたが、吉原と敵対してしまったことで、ついに火を付けられ店を失った。

「まあ、それもこの日のため。山城屋が放火されたと聞いたときのうれしさは格別。もっとも、山城屋が生き延びたというのは、腹立たしいが、これで二度と商売はできないでしょうよ」

軽い足取りで浜松屋が小貫から離れた。

「おっと。気をつけねえ」

横の路地から出てきた男が、浜松屋にぶつかった。

「そちらこそ、気をつけなさい」

「ふん」

言い返す浜松屋を鼻先で笑いながら、男が離れようとした。

「げっ……」

「動くな」

その喉に小貫が抜きはなった太刀の先を突きつけていた。

「小貫さま、なにを」

浜松屋が目を剝いた。

「懐を確認してくれ」

「……懐……財布がない。掏摸《すり》」

懐へ手を入れた浜松屋があわてた。

「出せ」

「なんのことで」

小貫に促されたが、男はしらばくれた。

「そうか。すんなり返せば、今回は見逃してやろうと思ったが」

突きつけていた太刀を、小貫が舞のように動かした。

「な、なんでえ。脅かしやがって」

喉から離れた切っ先に、男がほっとした顔をした。

「大通りでそんな物騒なものを振り回すねえ。町方に捕まるぞ」

捨てぜりふを口にした男の着物が縦に裂けた。

「あっ」

男の懐から、財布が音を立てて落ちた。

「あっ、わたしの財布」

浜松屋が落ちた財布を指さした。

「くそっ。覚えてやがれ」

左右に開いた着物を脱ぎ捨てて、男が逃げようとした。

「許さぬと申したぞ」

抜いたままだった太刀を、小貫がもう一度回した。

「ぎゃっ」

背を向けようとした男の右手から血が飛んだ。

「筋を断った。二度とものを握ることもできぬ」

「おいらの腕があ、腕があぁ」

肘の内側を二寸（約六センチメートル）ほど斬られた男がわめいた。

「…………」

無言で落ちていた財布を小貫が拾った。

「気をつけてくれ。仕事とはいえ、人を斬るのは気を遣う」

「あ、ああ」

小貫が差し出した財布を受け取りながら、浜松屋が何度も首を振った。

「参ろうか」

「は、はい」

言われた浜松屋の歩みは、先ほどよりもゆっくりとしたものに変わった。

二

「近づけば焦げ臭いな」

掏摸の騒動があってからおとなしかった浜松屋だったが、山城屋に近づくに連れて元気になっていた。

「この辻を入れば……」

勢いよく辻を曲がるかと思われた浜松屋が足を止め、顔だけを角から出した。

「……燃えてる。見事に全焼だ」

浜松屋が頬を緩めた。

「あそこで燃えた柱を見ているのは、山城屋だ。ちょっとあいさつをしてやりましょう」

うれしそうな声を出した浜松屋が小貫へ顔を向けた。

「よろしくお願いしますよ。山城屋にも用心棒がおりますので」

「姿はないようだが……」

しっかり小貫はあたりを把握していた。

「出てきたときに」

「言うまでもない」

念を押した浜松屋に小貫は首を縦に振った。

「では、行きましょう」

浜松屋が、着物の襟を整えてから歩き出した。

「おや、山城屋さんではございませんか」

「……これは浜松屋さん」

焼けた跡から使えるものを探していた昼兵衛は声をかけられて、振り返った。

「どうかなさいましたので」

わかっていながら浜松屋が訊いた。

「ご覧のとおりでございますよ」

昼兵衛は周囲を見回した。

「火事でございますな。もらい火でも」

「いいえ、火付けを喰らいまして」

わざと質問した浜松屋に、昼兵衛はあっさりと答えた。

「おや、火付けでございますか。それほどの大罪を覚悟してまで火を付けるとは、よほど恨まれておられたのでございますな」

浜松屋が笑みを浮かべた。

「どうせ女に振られた男でございましょう。己が振られた理由も考えず、逆恨みをする。いや、哀れでございますな。これほどのことをしでかしたのでございますよ。惚《ほ》れた女でさえ、離れていきましょう」

「きさまっ」

あてこすった昼兵衛に浜松屋が顔色を変えた。

「どうかなさいましたので。わたくしは火付けの犯人の話をしただけですが」

「……うぬう」

しゃあしゃあと言う昼兵衛に、浜松屋が歯がみをした。

「ところで御用は」

「これではもう店を続けられまい」

用件を問うた昼兵衛を無視して、浜松屋が述べた。

「いいえ。幸い、女たちは無事でございましたから。すぐにでも再開できまする」

昼兵衛は否定した。

「店もないのにか」

「すぐに建て直しますよ」

「できるとでも思っているのか。恨みで火を付けられるような店の再建を、近所が認めてくれるはずなかろう」

顔をゆがめて浜松屋が告げた。

「ご近所の皆さまは温かくしてくださってますよ」

「いつまで続くかねえ」

浜松屋が下卑た笑いを浮かべた。

「大丈夫でございますよ。わたくしの邪魔をする者には、しっかりと報いを受けていただきますのでね。江戸で何代続いた老舗であろうが、大奥お出入りであろうが、そんなものは関係ありません。妾屋に手出しした以上は敵でございまする」

「なんだと……」

ふたたび浜松屋が激した。

「山城屋」

浜松屋の後ろで黙って立っていた小貫が口を挟んだ。

「物騒な話をされては困るぞ。ことと次第によっては、しなくていいまねをせにゃならぬでな」

小貫が太刀の柄を握って、昼兵衛を脅した。

「用心棒の先生でいらっしゃいますか」

「さよう。小貫彦兵衛《ひこべえ》という。以後見知りおいてくれ」

「ごていねいに。山城屋昼兵衛でございまする」

名乗られたならば、返すのが礼儀、昼兵衛が応じた。

「御用はそれだけでございますか」

「もういいな、浜松屋どの」

昼兵衛の問いに、小貫が浜松屋を見た。

「けっこうですよ。気も晴れましたしねえ。妾屋なんぞという世間の表を歩けない商売にふさわしい末路。女たちを泣かせた報い。わたくしを舐《な》めたらどうなるか、思い知っただろう」

浜松屋が最後だと言いたい放題を口にした。

「聞き捨てなりませんね」

昼兵衛の声が低くなった。

「……なにっ」

「まずいな」

浜松屋が首をかしげ、小貫が表情を曇らせた。

「ちとお奉行所に参らねばならぬようでございます」

「なにを言っている……」

わからないと浜松屋が戸惑った。

「わたくしを舐めたらどうなるか……その報いがこの火事だと言われましたな。つまり、火を付けるように命じたのは、浜松屋さんだと」

「あっ」

説明されて浜松屋がしくじったという顔をした。

「一度口にしたことは取り消せませんよ。言いわけをしたいのなら、町奉行所でなされませ」

「ちょっと待ってくれ。売り言葉に買い言葉というやつだ。その揚げ足を取らずともお互いさまではないかの」

小貫が間に入った。

「ずいぶんとつごうのよい、お互いさまでございますな。こちらはやられたほうでございますよ。そこに見舞いならばまだしも、嫌がらせに来ておいて、なにを今さら」

昼兵衛がはねつけた。

「たしかにな。浜松屋どの、ここは詫びておかれるべきだと思うぞ」

「なぜ、わたくしが女衒《ぜげん》風情に頭を下げねばならぬのでございますか」

「おいおい」

子供ようなわがままを言う浜松屋に小貫が困惑した。

「ちょっと町奉行所まで行ってくるよ」

火事場の片づけを続けていた番頭に、昼兵衛が伝えた。

「相手にされぬわ」

浜松屋がうそぶいた。

「昨夜、南の坂部能登守さまにお目通りをいただきましてね。そのとき、なにかあればいつでも来いとお言葉をいただいておりまする」

「金を積んだな」

かっと浜松屋が睨みつけてきた。

「…………」

浜松屋の相手をせず、昼兵衛は歩き出した。

「止めろ。奉行所に行かせるな」

浜松屋が叫んだ。

商人にとってなにより大切なのは店の信用である。信用はそう簡単に得られるものではない。それこそ何年、何十年とかけて獲得していくものである。だが、その逆で失うのは容易であった。

どのような用件であろうとも、町奉行所の手が入った、あるいは町奉行所に呼び出されたとなれば、信用はがた落ちになる。まず体面を気にする武家、大店の客は、確実に離れる。そうなれば百年続いた老舗も潰れかねなかった。

「雇い主の意向だ。悪いが動かないでくれ」

小貫が昼兵衛の前に立ちふさがった。

「いくら日当をもらっておられるのかは、存じませんがね。雇い主を代えられたほうがよろしいかと。なんでしたら、もっと割のよいところをご紹介申しあげますが」

淡々と昼兵衛が述べた。

「魅力あるお誘いだが、今は浜松屋どのに雇われているのでな」

「雇い主とは違って、お見事なお心がけでございまする」

断った小貫を昼兵衛は褒めた。

「では、わたくしも……大月さま」

昼兵衛が小貫の背後に目をやった。

「なにっ」

つられて小貫と浜松屋も顔を向けた。

「いつのまに」

小貫が息を呑んだ。

「やってよいのか」

立っていた新左衛門が柄に手をかけた。

新左衛門は八重を長屋におられなくした浜松屋に怒っていた。

「どうぞ」

昼兵衛は止めなかった。

「…………」

新左衛門から放たれる殺気に、小貫の余裕が消えた。

「おい、おい、冗談だろう。こんなところで斬り合いなんぞ……」

小貫があわてた。

表通りから一筋離れているとはいえ、昼日中である。さほど人の通りは多くないが、無人ではなかった。

「冗談で他人を脅されるわけでございますか。なかなかおもしろいことを言われる」

昼兵衛があきれた。

「小貫さま、遠慮せずに。このあたりの御用聞きなら、押さえられまする。思い知らせてやってくださいな」

浜松屋がそそのかした。

「……駄目だ」

小貫が両手を身体から離した。

「勝負にならぬ」

「なにを言ってるんだ。さっさと……」

「勝てませんでしょうなあ」

急かそうとした浜松屋を昼兵衛が遮った。

「守るべき女に手出しをされたんです。男が怒って当然でしょう」

昼兵衛が告げた。

「金で請け負ったのとは、話が違いますからねえ」

「手を引く。金は要らぬ」

小貫がそっと離れた。

「冗談じゃない。なんのために金を払ってきたんだ。このままではすまさないよ。あんたを紹介してくれた人にも相応のことをさせてもらう」

「それは……」

浜松屋の言葉に小貫が苦渋の表情を浮かべた。

用心棒という仕事は、己で売り込むことができない。当たり前である。いきなり店に来て、用心棒をしますなどと言ったところで、誰も雇用してくれない。信用がないからだ。もともと用心棒を雇うような店は、地回りなどともめているか、盗人に狙われるほど儲かっているかなのだ。信用もなにもない初見の者を受け入れるはずなどなかった。

では、どうするか。信頼できる人物の紹介、すなわち保証のある者を雇い入れる。当然、紹介した人物には責任が生じた。もし、紹介してくれた人の顔に泥を塗るようなまねをしたら、二度と仕事は回してもらえなくなる。

「どうする。やるか、それとも干されるか」

新左衛門が決断を求めた。

「やむをえんな」

小貫が太刀の柄を握った。

「どうだろう、鞘ごとで願えぬか」

「よかろう。おぬしに恨みがあるわけではない」

真剣勝負は避けたいという小貫の願いを、新左衛門は受けた。

「では、参る」

いきなり小貫が鞘ごと抜いた太刀で殴りかかってきた。

「おうよ」

油断していなかった新左衛門は、あっさりとこれをかわした。

「やあ、とう」

続けざまに小貫が襲い来た。

「…………」

新左衛門は反撃に出られなかった。

武士の心得として、太刀の下緒《さげお》を腰に回しておくというのがある。これは、太刀を落としたり、取られたりしないための用心であった。

小貫は新左衛門が下緒を外す前に攻撃を加えることで、優位に立とうとした。

「なかなか」

昼兵衛は感心していた。

「戦いに勝つにはなんでもする。そうでなければ、用心棒など務まりません。用心棒の仕事は顧客を守ることであって、見事な勝負ではありませんからな」

「……ふん」

解説する昼兵衛に、浜松屋が反発した。

「えいっ」

「……おう」

上から落としてくる小貫の一撃を、新左衛門は太刀の柄で受けた。

「なにっ」

できることではなかった。太刀を鞘走らせてであれば、まだ可能であった。しかし、鞘に入れたままで、しかも腰に回した下緒のために、ほとんど動かせない状況ではまず無理であった。可動範囲がほとんどない柄で受ける。それには、相手の攻撃をしっかり見切るだけの技量が要った。

「こいつっ」

あわてて戻そうとした小貫の太刀を、新左衛門が押さえた。

「離せっ」

真剣だったら手の指が斬れるが、鞘に入っているからこそできた。

「どうした」

しっかりと新左衛門は鞘を摑んでいた。

「くそっ」

振りほどこうとして、どうしようもなくなった小貫が太刀の鯉口を切った。

「……………」

昼兵衛は反応しなかった。

「やってしまえ」

浜松屋が興奮した。

「愚か者が」

新左衛門は手に残った小貫の鞘を太刀代わりに構えた。

「逃げろ、逃げてくれ。そうすれば追わぬ。拙者はおぬしを斬りたくない」

小貫が頼むように言った。

「なにをおっしゃっているんです、小貫さま。その用心棒と山城屋二人をやってください。お金ははずみますよ」

浜松屋が煽《あお》った。

「……用心棒は勝たねばならぬ」

金をはずむと言われた小貫の目が据わった。

「己から鞘ごと勝負を言い出しておきながら……ご立派なことだ」

あっさりと真剣を振るう理由を見つけた小貫に、新左衛門があきれた。

「…………」

無言で小貫が斬りかかってきた。

「焦りすぎだ」

新左衛門は避けようともしなかった。

「……えっ」

卑怯《ひきよう》とわかっている。忸怩《じくじ》たる思いに、踏みこみが甘くなった。小貫の一撃は、新左衛門に三寸（約九センチメートル）届かず、流れた。

「足が出てない」

新左衛門がぐっと左足を前に出し、まるで指導するような調子で、小貫の右足太《ふと》股《もも》を叩いた。

「痛いっ」

鞘で打たれた小貫が悲鳴をあげた。

「真剣であれば、足はなくなっているな」

鼻先で新左衛門が笑った。

足運び、腰の据わりなどから、小貫がかなり遣うことは新左衛門にもわかっていた。その小貫があっさり新左衛門にもてあそばれているのは、気を呑まれたからであった。

「おぬし、人を斬り殺したことがないだろう」

新左衛門が問うた。

「あるわけなかろう。人を殺すなど罪ではないか」

痛む足をさすりながら、小貫が引いた。

「それでよく、用心棒をしていたな」

「まったくで」

新左衛門と昼兵衛が嘆息した。

「用心棒は守るためにある。攻めは任ではないわ。盗人といえども命は奪わぬ」

嘲笑されたとわかった小貫が反論した。

「攻撃は最大の防御というぞ」

鞘を新左衛門はもう一度構えた。

「返せ。それは拙者の鞘だ」

小貫が文句を言った。

「よかろう。返してやる」

いきなり新左衛門は鞘を投げつけた。

「わっ」

あわてた小貫が鞘を太刀で払った。飛ばされた鞘が割れた。

「ああっ」

小貫が情けない声を出した。

鞘というのは、太刀に合わせて作られている。一つ一つ反《そ》りや長さを勘案して別注するのだ。割れたからといって、すぐにどうなるというものではなかった。

「なにを……」

非難するように新左衛門を見た小貫が絶句した。新左衛門が太刀を抜き放ち、間合いを詰めてきていた。

「あわっ……」

「遅いわ」

咄嗟《とっさ》に太刀で迎え撃とうとした小貫の小手《こて》を新左衛門が斬った。

「ぎゃっ」

右手首から先を失った小貫が苦鳴《くめい》をあげた。

「ひいっ」

血を見た浜松屋が顔色を失った。

「さて、これ以上手向かうならば、とどめを刺さねばならなくなる」

新左衛門が切っ先を小貫に突きつけた。

「た、助けてくれ」

小貫が左手で握っていた太刀を捨てた。

「訊くことに答えていただきましょう」

新左衛門に代わって昼兵衛が口を出した。

「なんでも言う」

右手を押さえながら、小貫が応じた。

「浜松屋は最近、吉原に行きましたか」

「拙者の知る限りではござらぬ」

小貫が首を振った。

「さようでございますか。大月さま、よろしゅうございましょうや」

「うむ。二度と剣は遣えぬであろうしな」

昼兵衛の問いに新左衛門がうなずいた。

「行け」

新左衛門が小貫に手を振った。

「かたじけなし」

小貫が走り去った。

「終わりでございますな」

「しかたあるまい。用心棒が主を置いて逃げたのだ。二度と仕事は来ぬ。飢えて死ぬことになるだろうよ」

昼兵衛の言葉に、新左衛門が同意した。

「さて、浜松屋さん」

「……ひっ」

昼兵衛に見つめられた浜松屋の腰が引けた。

「念のために確認をお願いしましょうか」

「な、なんだ」

浜松屋が虚勢を張ろうとしたが、声は震えていた。

「今回の火付けに、かかわってはおられますまいな」

「知らぬ。今日の朝、燃えたと聞いただけだ」

強く浜松屋が否定した。

「吉原を、いえ、西田屋甚右衛門をそそのかしたのは、浜松屋さんですね」

「……………」

浜松屋が口をつぐんだ。

「沈黙は肯定でございますよ」

昼兵衛が告げた。

「しゃべりたくなるようにするか。口を左右に少し大きくしてやれば、話しやすかろう」

新左衛門が太刀の切っ先を浜松屋の口に模した。

「わ、わかった。そうだ。山城屋への腹いせに、吉原を使おうとした」

まだ小貫の血が付いた刃を目の前に出された浜松屋がしゃべった。

「なかなかの策士でございますが、結果を考えていなかったのは、よろしくございませんな。もし、昨日、風が吹いていたら、このあたり一帯火の海になったでしょう。死者も出たでしょうな。あなたが殺したも同然の死人が」

氷のような目で昼兵衛が浜松屋を見た。

「そ、そんなつもりでは……」

浜松屋が盛大に汗を掻いた。

「つもりではない。子供の言いわけなら許せますがね。一人前の男が言っていいことじゃございませんよ。これで、吉原はあなたの手に負えるところではないとおわかりになられましたか」

「身にしみた」

何度も浜松屋が首を縦に振った。

「けっこうでございます」

昼兵衛が笑った。

「もちろん、二度と山城屋に手出しなどせぬ」

浜松屋が誓った。

「ああ、かまいませんよ」

「えっ……」

どうでもいいといった昼兵衛に浜松屋が、間抜けな顔をした。

「気にさえしていませんから」

「……くっ」

相手にならないと宣された浜松屋が悔しげに表情をゆがめた。

「ただし、この火事の責は取っていただきましょう」

「なにを……」

「断られてもよろしいが、さきほどのお話を、坂部能登守さまのお耳に入れさせてもらいましょう。火付けの一味という噂が出れば、大奥出入りなど一瞬で吹き飛びましょう」

呉服屋にとって大奥出入りという看板は大きい。それを取りあげられれば、客足は一気に減る。

「……いくら出せばいい」

浜松屋が訊いた。

「女たちの身の回りのものも弁済していただかねばなりません。まあ、吉原からも取り立てますが、とりあえず二百両いただきましょうか」

「二百両だと。このくらいの店を建て直すならば、百両もかかるまいが」

あまりの金額に浜松屋が驚愕した。

「金箱も燃えてしまいました。女たちから預かっていた金も……身体を切り売りして貯めた金でございますよ。好きでもない男に抱かれ、その精を己の身体のなかに受けなければならない。その哀しみ、恨みの代金を、浜松屋さんは軽いと」

昼兵衛の声が氷になった。

「……わかった」

「後ほどいただきに参りまする。ああ、申しあげるまでもございませんが、受け取りは出せませぬよ。いえ、書いてもよろしゅうございますが、その代わり火付け被害の弁済代と明記させていただきますが」

「い、要らぬ。受け取りなど」

浜松屋が拒んだ。

「だが、金を取ってしまってあとで奉行所に行くとか、もう一度金を強請《ゆす》るなどは」

「致しませぬよ。妾という女の一生を扱うのでございまする。妾屋は信用第一でございまする。二百両いただいたかぎり、二度と浜松屋さんの前に顔を出しませぬ」

浜松屋の懸念を昼兵衛は一蹴《いっしゅう》した。

「…………」

あからさまに浜松屋が安堵した。

「では、お帰りを。わたくしどもは片づけで多忙でございますので」

昼兵衛が促した。

「……ああ」

浜松屋がふらつきながら去っていった。

「かたじけのうございました」

見送って昼兵衛が頭を下げた。

「いや。山城屋どのの態度からなにか考えがあるのだろうと思っただけだ」

新左衛門は首を左右に振った。

「おかげさまで、焼け太りできそうでございますよ。女たちにも、余分に金を返してやれそうでございまする」

昼兵衛が笑った。

「あいかわらず、妾第一だな」

新左衛門が感心した。

「わたくしは独り身でございますから、金を貯めて残す相手がございません。葬儀代だけあればよろしいのでございますよ」

　柔らかく昼兵衛が笑った。

「それより、よろしいのでございますか。八重さまのお側にいなくとも」

「追い出された。山城屋どのを一人にするなと」

　心配する昼兵衛に、新左衛門が告げた。

「しっかりしておられる。昨日の今日でしたが……」

　死ぬ目に遭ったのだ。好きな男に縋っていたいと考えるのが人情である。それを八重はしなかった。

「こういう妻を持たなくては、妾番はできぬ。そうであろう」

「よくおわかりで」

　強く昼兵衛がうなずいた。

「片が付くまで、八重さまとはお会いになれませんが、よろしゅうございますか」

　昼兵衛が厳しく表情を引き締めた。

「うむ。どこまでもお供しよう」

　新左衛門が首肯した。

「吉原との戦い、勝ちますよ」

昼兵衛が強く宣した。

三

小姓組頭林出羽守忠勝は一日中将軍家斉の近くにいる。

「どうした、出羽。なにか楽しそうな顔をしておるぞ」

毎日見ている寵臣の変化に、家斉が気づいた。

「これは、申しわけのないことをいたしました」

詫びた林出羽守が表情を引き締めた。

「取り繕うな。なにがあった、聞かせよ。一人で楽しむな」

家斉が求めた。

「お聞かせするほどのものではございませぬが、お望みとあれば」

将軍の要望である。断ることなどできなかった。

「じつは……」

林出羽守が昨日のできごとを語った。

「付け火だと……」

家斉の眉がひそめられた。江戸にとって火事は禁忌であった。四代将軍家綱《いえつな》のときに起こった振り袖火事は、江戸を焼き尽くし、幕府が心血を注いで作った天守閣まで燃やした。

「ご免色里などと思いあがるのもほどほどにさせねばなるまい」

「はい」

吉原の暴挙に怒った家斉に、林出羽守が首肯した。

「つきましては、一つお許しをいただきたく」

「なんじゃ」

林出羽守の要求を家斉が問うた。

「神君家康さまのご免を奪い取らせていただきたく」

「……神君家康さまのか」

家斉が苦い顔をした。

幕府にとって創始である家康は神に等しい。将軍といえども、家康の遺《のこ》したものには手がつけられなかった。

「老中《ろうじゅう》どもが黙っておるまい。家康さまが吉原にご免を与えられたのだ。それを取りあげるのは、家康さまの権威に傷をつけることになる」

将軍でも、幕政への口出しは難しかった。できないわけではないが、将軍がなにかを決めたところで、老中の添え書きがなければ、効力を発しないのだ。こうすることで、幕府は将軍の失政を防いでいた。

「ご免の証拠はございましょうや」

「……知らぬな」

「一度調べなければなりませぬな。もし、家康さまのお墨付きがあるならば……」

林出羽守が途中で言葉を濁した。

「奪うか」

「いえ、焼きまする。奪うよりは簡単でございましょう」

淡々と林出羽守が述べた。

「神君の下しおかれたものを燃やす……」

家斉が驚いた。

「上様のご政道の邪魔となるならば、いかに神君さまのお墨付きとはいえ、排除いたさねばなりませぬ。なにかあっても、この腹一つですみましょう」

「出羽守……愛《う》い奴め」

命がけの忠義をはっきりと口にした林出羽守に、家斉が喜びの声を出した。

「政《まつりごと》は生きている者のため。死した者は祀《まつ》られていればよろしゅうございまする」

堂々と林出羽守が宣した。

寵臣にとって、主がすべてであった。神や仏よりも、栄耀栄華《えいようえいが》を与えてくれる主君がなによりなのだ。なにせ、寵愛を受ければ、立身出世はもちろん、万事思うがままにできる権が預けられる。現世利益《げんせりやく》の最たるものであった。

「もちろん、上様はご存じないことでございまする」

責任は己が取ると林出羽守が述べた。

「その前に、現物があるかどうかを確認せねばならぬ。なければそなたも苦労せずともすむ」

家斉が口にした。

「こういうことは誰が詳しい」

問うように家斉がお休息《きゅうそく》の間《ま》にいる小姓や小納戸《こなんど》を見回した。

家斉のまわりは、すべて林出羽守の手で固めてあった。かつて家斉と男色の関係にあり、その信用を一身に受けている寵臣林出羽守には、それくらいの力はあった。

「奥右筆《おくゆうひつ》はいかがでございましょう。奥右筆の手元には、幕初以来の書付が保存されているやに聞きました」

答えたのは小納戸組頭であった。

小納戸は、小姓よりも身分は低いが、将軍の食事の世話、居室の掃除などを任とするため、世事に長《た》けた老練な旗本から選ばれた。

「奥右筆か、まさに。誰か奥右筆をこれへ」

家斉が命じた。

「お召しと伺い、参上つかまつりましてございまする」

呼ばれた奥右筆組頭が家斉の前で平伏した。

「苦しゅうない。面をあげよ」

家斉が許した。

奥右筆は、幕政にかかわるすべての書付を処理した。老中たちに奪われていた執政の権を将軍に取り戻したいと考えた五代将軍綱吉《つなよし》が新設した役目であった。幕令はどのようなものであろうとも、奥右筆の手を経なければ効力を発しないことで老中の独裁を防ぐ。また、奥右筆には、ときに老中の意見をひっくり返すだけの権も与えられていた。当然、奥右筆の機嫌を取る役人、大名も多く、盆暮れの付け届けだけで、座敷が埋まると言われるほど余得が多い。

奥右筆組頭は勘定吟味役《かんじょうぎんみやく》の次席で、さして身分の高い役目ではないが、その設置の経緯から、将軍の諮問に直答することが許されていた。

その代わり、奥右筆には卓越した事務能力が求められ、長く組頭を務めた者は、家康の江戸入府から、今日に至るまで、すべての記録を覚えているとまで言われていた。

「奥右筆になって何年になる」

家斉が問うた。

「奥右筆からでございましたならば、十四年。組頭になりまして四年でございまする」

初老の奥右筆組頭が答えた。

「ならば、幕府の古い事柄についても精通しておるな」

「すべてとは申せませぬが、奥右筆のなかで、わたくしより古い者はおりませぬ」

念を押した家斉に、奥右筆組頭が胸を張った。

「うむ。では、問う。吉原がご免色里であるとの根拠はなんだ」

「それは吉原が差し出しました縁起書付によりますると、慶長五年秋、上方《かみがた》挙兵の話を受けて、家康さま関東よりご軍勢お進めたまえしおり、相州浪人庄司甚内、抱えおりし遊女をもって出陣のご接待を申しあげ……」

奥右筆組頭が背筋を伸ばした。

鎌倉のころから、戦《いく》さ前に本陣へ訪れ、勝利を予言する巫女《みこ》のような遊女がいた。これを御陣女郎といい、大名たちはその訪問を喜び、多額の布施を与えた。

「……家康さま、ご気色よく、予祝を受けられ、望みの褒美を取らせると庄司甚内に仰せつけられた。江戸に遊郭を設けさせていただきたいと庄司甚内、伏して願う。家康さま、此度《こたび》の戦さで勝利致せば、許すと仰せになられた」

「関ヶ原か」

家斉が確認した。

「さようでございまする」

奥右筆組頭が首肯した。

「関ヶ原で大勝利の後、江戸へ戻られた家康さまは庄司甚内を呼び出され、遊郭の設置を許し、江戸におけるすべての遊女の父として、これを守るように命じられました」

吉原がご免色里となった経緯を奥右筆組頭が述べた。

「家康さまのお声掛かりか……」

家斉が苦い顔をした。

「奥右筆組頭」

控えていた林出羽守が口を挟んだ。

「林出羽守である。一つ訊きたい。家康さまは、なにか書付のようなものを吉原に渡したのか」

「いいえ。そのような記録はございませぬ」

問われた奥右筆組頭が、首を左右に振った。

「口頭だけならば、なんとでもなるな。言った言わぬの争いならば、こちらが勝っ」

　林出羽守が笑った。

「上様」

「なんじゃ」

　発言を求めた奥右筆組頭に、家斉が許可を与えた。

「家康さまのお書付はございませぬ」

　天下人の書付は大きな力を持つ。だけに、厳重に管理され、誰にどのような内容で出されたかの記録はしっかりと残されていた。

「なにが言いたい」

　一度口頭と言っておきながら、書付はないと重ねる。どう考えても無駄な一言である。それを将軍の前でしてのける。奥右筆組頭の意図を林出羽守は警戒した。

「家康さまの書付はございませぬ。代わりに本多佐渡守《ほんださどのかみ》さまのお名前で出されたものがございまする」

「本多佐渡守……正信《まさのぶ》どのか」

　林出羽守が眉間《みけん》にしわを寄せた。

本多佐渡守正信は家康の懐刀と言われた謀臣であった。もとは家康の鷹匠《たかじょう》であったが、三河《みかわ》一国で始まった一向一揆《いっこういっき》では家康に敵対、一揆終焉《しゅうえん》とともに逐電した。のち、松永久秀《まつながひさひで》に仕えるなど、諸国を放浪したが、姉川《あねがわ》の合戦直前に家康のもとに帰参、以後、帷幕《いばく》の臣として側にあり続けた。本多正信の策として有名なのは、大坂冬の陣である。講和が成った後、外堀だけとの口約束を反古《ほご》にし、惣堀《そうぼり》を埋め立て大坂城を丸裸にし、夏の陣での勝利を確定させた。他にも、居城の修理を求めた福島正則《ふくしままさのり》と応対しておきながら、届けが出ていないとして改易《かいえき》にするなど、悪辣なまねも平気でおこなった。家康の信頼は厚く、長く執政として幕府を支えたが、その子孫は本多家の権に反発する者たちによって排除された。宇都宮十五万五千石の大名にまで出世していた嫡子正純《まさずみ》は、二代将軍秀忠の殺害を企てたとして、改易、流罪《るざい》となった。その他の子孫も冷遇され、直系で存続しているのは、わずかに加賀藩で家老《かろう》を務める本多家だけになっていた。

「佐渡守の書付に、効力はあるのか」

家斉が奥右筆組頭に問うた。

「ないとは申せませぬ。家康さまのご信頼厚き本多佐渡守さまのお墨付きとなれば、相応の効力は持っていると……」

　書付を専門とする奥右筆組頭である。すぐに回答した。

「その書付の効力は、躬《み》よりも強いか」

「いいえ。いかに本多佐渡守さまとはいえ、臣下でございまする。上様には比べるまでもございませぬ」

　家斉の質問に、奥右筆組頭が首を左右に振った。

「そうか。大儀であった。さがってよい」

「はっ」

　さがれと言われた奥右筆組頭が、お休息の間から出た。

「お待ちあれ」

　奥右筆組頭の後を林出羽守が追いかけてきた。

「貴殿のことは、覚えさせていただいた」

　林出羽守が奥右筆組頭を見つめた。

「かたじけのうございまする。かまえて本日のお話は漏らしませぬ」

　奥右筆組頭は、林出羽守の意図を読んでいた。

「なにかお望みの役目でもござるか」

林出羽守が出世の手引きをしようと言った。

「いえ。表右筆から数えて二十年、筆でお仕えして参りましたわたくしに、他のお役目が務まるとは思えませぬ」

「なるほど。では、貴殿からお申し出あるまで、お役目をお続け願うとしよう」

出世が収入に繋がるとはかぎらなかった。身分は高くなっても、持ち出しとなる役目もある。余得の多い現在の職から動きたくないという奥右筆組頭の真意を、林出羽守は読みとった。

「ありがとうぞんじまする。では」

淡々とした態度で、奥右筆組頭が去っていった。

「釘を刺してきたか」

お休息の間に戻ってきた林出羽守を家斉が迎えた。

「不要でございました。さすがは奥右筆組頭を務めるほどの男、よくわかっておりまする」

林出羽守が報告した。

幕政のすみからすみまでを書付の上とはいえ知るのが、奥右筆組頭である。その闇の恐ろしさを身にしみて知っていなければ、とっくに飛ばされているか、あるいは殺されている。奥右筆という役目には、記憶力だけでなく、危険を察知する能力も必須であった。

「上様」

あらためて、林出羽守が両手をついた。

「妾屋とやらに、さきほどの話を教えてやれ」

家斉がうなずいた。

四

三浦屋は仲町通りに面する吉原きっての大店であった。太夫二人を筆頭に、格子《こうし》や局《つぼね》など、数十人をこえる遊女を抱えていた。

「そうかい。西田屋さんは、知らぬ顔を決めこんだんだね」

三浦屋の主四郎左衛門《しろうざえもん》が嘆息した。看板をつけていない忘八を大門外に出したのではないかという疑惑を会所として問い合わせたのを、西田屋甚右衛門は無視していた。

「申しわけもございやせん。さすがにきみがててとなりますと、わたくしたち忘八ではどうすることもできませず」

三浦屋の忘八が頭をさげた。

「しかたないさ。きみがててはすべての遊女の父であり、忘八たちの頭だからね」

三浦屋四郎左衛門が慰めた。

「とはいえ、このまま放置しておくわけにはいかないねえ。吉原の遊女が火付けをし、看板をつけてなかった忘八が、町屋の衆を襲った。これは御上の介入をまねきかねないことだ。なんとか、内々で押さえこまねば……吉原は終わる」

「……へい」

忘八も同意した。

「きみがててを取りあげるしかないな」

「できやしょうか」

「しなければ、吉原が死ぬ。吉原創始の庄司甚内どのもわかってくださろう」

三浦屋四郎左衛門が決意した。

「皆さまをお呼びいたしまするか」

「いや、最初はわたくしだけでしょう。さすがにきみがててに反旗を翻すとなれば、二の足を踏む者も出よう。いや、西田屋に通報する輩も出かねぬ。文句の言えない状況に持ちこむまでは、静かにな」

忘八の提案を、三浦屋四郎左衛門は拒んだ。

きみがててとは、吉原創始の庄司甚内に贈られた言葉である。なんの保護も受けられず、日銭を稼ぐために身体を売っていた女たちに、ご免色里という屋根を作った。その功績をたたえて、自然と生まれてきた称号である。もちろん、家康から庄司甚内にかけられた遊女の父となれという言葉に基づいたものだが、それを実効あるものに変えたのは吉原に住まいした者たちであった。弱い女を守るには、異論を封じ一つになるしかなかった。その旗印としてきみがててはあった。

世間で生きていけない男や女たちを庇護する者に与えられる称号は、吉原惣名主とともに、代々の西田屋甚右衛門に受け継がれてきた。

とはいえ、百年過ぎれば、人も変わる。世のなかも変化する。江戸城近くで繁華を誇った吉原は、浅草の向こうへ追いやられ、代わって岡場所が各地にできた。江戸で唯一公認の遊郭という誇りは残ったが、客は奪われ、吉原も衰退した。

かつてのように、吉原独自のしきたりを続けていけなくなった。客と遊女は一度目では言葉も交わさず、二度目では話をするだけ、三度通ってようやく床入りができる。客と遊女を夫婦に見立てた吉原独自のしきたりは、さっさと欲求を発散したいと考えている男たちにとってうっとうしいだけであり、金さえ払えば、すぐにことにおよべる岡場所のほうがありがたい。

もちろん、女との駆け引きを楽しみたいという粋人《すいじん》たちもいる。多くは金を持っている商人や役人、大名であり、一人あたりが吉原に落としてくれる金は大きい。だが、そんな客がそうそういるはずもなく、吉原は多くの客を失った。

そこから吉原の矜持《きょうじ》が崩れた。

客離れを受けた吉原もしきたりを無視できるちょんの間と呼ばれる遊女を置くようになった。大広間を夜具一枚敷けるていどに屏風《びょうぶ》で仕切っただけの場所で、ちょんの間は、股《また》を開いて客を即座に受け入れる。そう、吉原が岡場所のまねをしたのだ。

ご免色里とはいえ、生きていくには金が要る。客と遊女を夫婦に見立て、情を交わして長くつきあうという余裕を吉原は捨てた。遊女を単なる金儲けの手段に落としたことで、きみがててての使命は死んだ。

「過去に縋って、名のみに頼って生きていけないとわかっていたはずなのだがなあ」

三浦屋四郎左衛門が肩を落とした。

「どうなさいやすか」

「ついてくるかい。下手をすれば、吉原から追い出されるよ」

訊いた忘八に、三浦屋四郎左衛門が覚悟を問うた。吉原惣名主の名前は大きい。三浦屋四郎左衛門の仕掛けに他の見世がのってくれなければ、吉原一の大見世とはいえ、勝負に負けるかも知れなかった。

「一度死んだ身でござんすよ。今さら惜しむ気はござんせん」

歳嵩《としかさ》の忘八が笑った。

「吉原へのご恩返しをさせていただきやす」

若い忘八もうなずいた。

「すまないね。では、丈蔵《たけぞう》、おめえさんは、西田屋の出入りを見張っておくれ。みょうな野郎を見つけたら、後をつけてどこのどいつか、どこへ行ったかを確かめるんだ」

「へい」

歳嵩の忘八がうなずいた。

「安八《やすはち》、おめえは大門をよく見ておけ。西田屋と常磐屋の忘八が出ていくようならば、後をつけなさい」

「お任せを」

若い忘八が受けた。

山本屋次郎右衛門《じろうえもん》は、前触れもなく訪れてきた西田屋甚右衛門に戸惑っていた。

「卍屋《まんじや》さん」

西田屋甚右衛門が、山本屋次郎右衛門を屋号で呼んだ。

「なんでございましょう」

呼びかけられた山本屋次郎右衛門が問うた。

「廓《さと》の決まりはご存じでございましょう」

「重々承知しておるつもりでございますが」

山本屋次郎右衛門は応じた。

「吉原創始以来の歴史ある卍屋さんには、釈迦《しゃか》に説法でございますかな」

西田屋甚右衛門が口の端をゆがめた。

「吉原も代を重ねると、いろいろ変わってしまいました。世に合わせるのはいたしかたございませんが、やはり守らなければならない伝統というものがございまする。吉原では、それがしきたりだとわたくしは思うのでございますよ」

「ご用件をお伺いしても。昔話でございましたら、またの機会に」

回りくどい西田屋甚右衛門に、山本屋次郎右衛門が焦れた。

「お忙しい。では、早めに用をすまさせていただきませんとね」

西田屋甚右衛門がわざとらしく告げた。

「吉原のしきたりを破っている者に今、罰が与えられておりませぬ」

「…………」

山本屋次郎右衛門が黙った。

「客は一人の遊女としか馴染みになれない。これは吉原創始以来の決まり」

西田屋甚右衛門が山本屋次郎右衛門を見つめた。

「卍屋に決まりを破っている妓がおりましょう」

「…………」

「知らぬとは言われませんでしょうなあ。見世の妓がなにをしているのか、わからないあるいは、知ろうともしないというなら、遊女屋の主は務まりませぬぞ」

厳しく西田屋甚右衛門が言った。

「一つ見逃せば、それが前例となり、次の違反が出る。蟻《あり》の一穴から堤が破れるというのは、ここでござる。吉原惣名主として、それは防がなければならぬ」

「なにをなさるおつもりか」

「簡単なこと。しきたりを破った者には吉原の仕置きを加える。妓は桶伏せに、客は素裸にむいて、大門から放り出す。二度と大門を潜らせない」

山本屋次郎右衛門の質問に、西田屋甚右衛門が答えた。

「しかし……」

「これは吉原惣名主として命じている。断るというならば、卍屋も咎めなければならぬ」

「卍屋……。わたくしではなく」

「さよう。主を咎めたところで、見世が無事ならば、なんの意味がござる。主を代えて見世を続けさせては、咎めの効力を疑われましょう」

「見世をどうすると」

「忘八たちによって壊す」

「妓たちは」

卍屋には二十人をこえる妓がいた。

「隠し遊女と同じ扱いにいたすほかございますまい。しきたりを守らない遊郭の妓など、岡場所の遊女同然」

西田屋甚右衛門が告げた。

吉原には、岡場所や湯女《ゆな》などの隠し遊女を摘発する権利があった。町奉行所に実務は任せていたが、手入れで捕まえた隠し遊女は、吉原のものとなった。しかも、年季のない奉公が認められる格別な扱いとなる。隠し遊女は罪人である。当然、人身売買の例外とされた。

「入《い》れ札《ふだ》するおつもりか」

　山本屋次郎右衛門が憤った。

　隠し遊女は、吉原の見世すべてが参加できる入れ札で、売却された。死ぬまでこき使える遊女を手に入れられるのだ。遊女屋の主はこぞって参加した。

「そのようなまねを……」

　卍屋には、年季明けが近い遊女も多い。それが、いきなり死ぬまでとなるのだ。女の絶望がどれほど深いか、見世の主ならばわかる。

「なにか問題でもあるかい」

「一人の客が、馴染み以外の遊女を抱くのは、うちだけじゃない」

　いかに馴染みをしきたりとし、遊女と客を夫婦に見立てていても、一々見張っているわけではない。客が他の見世に揚がってもわからないのだ。また、見つけて咎め立てたところで、「妓は俺だけと寝ているわけじゃないだろう。他の客に抱かれるんだ。だったら、俺が他の女を抱いてどこが悪い」と開き直られたらそこまでであった。

「しきたりはしきたりだ。守ってると見せなければ、客は従わない。所詮《しょせん》、遊女は、売りもの買いものだ。金を持っている客が偉いのだ。その客にしきたりを押しつけるなら、相応の覚悟を見せねばなるまいが」

「……ううっ」

しきたりを破っているのはまちがいない。西田屋甚右衛門の正論に山本屋次郎右衛門はなにも言えなかった。

「遊女二人を仕置き、見世は潰される。妓は競売」

「…………」

あらためて言われて、山本屋次郎右衛門の顔色がなくなった。

「どうだろう。客も遊女も見世も救う方法があるのだが」

西田屋甚右衛門が声を柔らかくした。

「そのような方法があるのでございますか」

縋るように山本屋次郎右衛門が身を乗り出した。

「しきたりを無視できる。特別扱いするには、それだけの功績があればいいだろう」

「功績……」

「そうだ。吉原の危機を救うほどの功績ならば、誰も文句は言うまい」

「吉原の危機……どこにそのようなものが」

わからないと山本屋次郎右衛門が首をかしげた。

「ある。今、吉原は世間からの侵略を受けている」

「侵略、どこから」

「妾屋だ」

「馬鹿な。まだ妾屋を支配しようとしておられるか」

山本屋次郎右衛門があきれた。山本屋次郎右衛門も、西田屋甚右衛門が最初に妾屋を吉原の配下としようと提案した場にいた。あまりに荒唐無稽《こうとうむけい》だとして、三浦屋四郎左衛門とともに、相手にしなかった。

「こちらからの手出しではない。向こうが攻めてきているのだ。詳細を知りたいか」

「いや、要りませぬ」

山本屋次郎右衛門が否定した。

「それがいい。知れば抜けられなくなるからな」

「で、どうせよと」

「簡単だ。卍屋の遊女二人を馴染みとしているのは、浪人者だな」

「と聞いておりまする」

よほどの上客でなければ、楼主が直接会うことなどない。忘八から噂を聞くだけであった。

「腕は立つらしいな」

「一度暴れた浪人者二人を素手で押さえたこともあるらしい。しかし、よくご存じだ」

山本屋次郎右衛門が驚いた。

「いろいろ伝手《つて》はあるからの」

下卑た笑いを西田屋甚右衛門が浮かべた。

「忘八か」

見世の忘八が西田屋甚右衛門と通じていると気づいた山本屋次郎右衛門が苦い顔をした。

「儂はきみがててぞ。吉原に住む者は、儂に逆らえぬ」

西田屋甚右衛門が断言した。

「…………」

山本屋次郎右衛門が黙った。

「その浪人者と連絡せい。そして山城屋とその用心棒を討たせろ。吉原を攻めてきている妾屋を排除した。となれば、吉原の救い主だ。誰も馴染みが二人いるくらい文句は言うまい」

「見世も見逃してくれましょうな」

「褒賞代わりに二人目の遊女を差し出したとすればよかろう」

「妓を褒美というか」

山本屋次郎右衛門がむっとした。

「もの扱いが不足か。生き残るほうが大事であろう。命に勝る矜持があるというなら、別だがな」

話は終わったと西田屋甚右衛門が腰を上げた。

「期限は三日。それ以上は待たぬ」

「三日は短い」

「知らぬ。妓に手紙を書かせればいいだろう」

文句を付けた山本屋次郎右衛門を置いて、西田屋甚右衛門が去った。

第四章　吉原の逆襲

一

吉原会所から来た忘八頭の説明と町奉行坂部能登守の強硬な指導を受けて、山形将左が解放されたのは翌朝の日が昇る寸前であった。

「揚屋というのは何度入っても寝にくいな」

大きく背伸びをした山形が太刀と脇差《わきざし》の返還を受けた。

「かってもご経験が……」

昼兵衛が目を大きくした。

「昔だ。まだ、飼い犬だったときの話よ」

山形が少しだけ頰をゆがめた。

「よく出られましたな」

妻を藩主に奪われたことで浪人したという山形の経歴を知っている昼兵衛が感心した。

「さすがに他人目を気にしたんだろうな」

「それでも」

藩主にしてみれば、寵愛する女のうるさい夫を始末する好機であった。藩においで、藩主は神である。多少の無理は押し通せる。昼兵衛が震えた。

「藩は一人藩主のものじゃねえからな。御上に目を付けられるのは、なにがあっても避けなければならぬ」

脇差と太刀の角度を調整しながら、山形が言った。お家騒動と家臣手討ちは、藩主の失政の最たるものとして、幕府から咎められた。

「人は一人では生きられませんからねえ」

「ああ。大名一人じゃなにもできねえ。米を炊いたことさえないんだぜ。あまり馬鹿をやって家臣の不興を買うと、押しこめ隠居だ」

押しこめ隠居とは、素行の悪い藩主を家臣たちが無理矢理座敷牢などに閉じこめ、隠居させてしまうことだ。金遣いが荒い、女遊びが過ぎる、殺生を好むなど、藩政に悪影響が出るくらいになったとき、家老たちが協議したうえでおこなった。忠義を根本においている幕府では、謀反《むほん》に近いが、被害の拡大を招く前の予防として黙認されていた。大名一人をかばって、一揆でも始まっては大事になる。

「もっとも、揚屋を出たところで放逐を喰らったがな。屋敷に帰ることも許されず、着の身着のままで、国境まで護送された」

「それはまた、ずいぶんな」

昼兵衛があきれた。

「まあ、家に未練はなかったし、一人いた姉は嫁いでいたしな。両親も死んでいた。こだわるものもないので、従ったが……金を取りあげられたのは痛かったな。道中警固という用心棒がなければ、飢えて死ぬか、斬り取り強盗になっていた」

しみじみと山形が述べた。

金を持って旅をする商人などを盗人やごまの蠅などから守るのが、道中警固である。

「よくできましたな」

道中警固は妾番同様、絶対の信頼がないとできなかった。旅の空である。人気《ひとけ》のないところなどいくらでもある。道中警固が追いはぎに変化するかも知れないのだ。

「知り合いの商人だったのよ」

昼兵衛の疑念を山形が払拭《ふっしょく》した。

「おかげで江戸まで来られたし、しばらく生きるだけの金ももらえた」

「それはご幸運な」

「幸運すぎよう」

感心した昼兵衛へ、山形が口の端をゆがめた。

「…………」

「仕組まれていたのよ。無一文で放り出して、暴れられては困ると考えた家老たちによってな。そこで、ちょうど江戸へ行く用のあった藩の御用商人に因果を含めて、吾を江戸まで連れてこさせ、頭を冷やすだけの日の糧《かて》を与える。あの、ことなかれ、お家大事の連中が考えそうなことよ」

山形が吐き捨てた。

「いつそれをお知りに……」

「金がなくなったときだ。御用商人のもとへまた警固の仕事でもないかと訪ねていったときにな、甘えるなとあしらわれてな。前は御家老に頼まれたから引き受けたが、今はなんの縁もない浪人。出入りされるのも迷惑だと言われたわ」

「それはまた」

自嘲する山形に、昼兵衛が小さく首を振った。

「おかげで目が覚めた。武士などただの役立たずだと気づいた。働かず、先祖の功績だけで生きているのだ。商家の馬鹿息子と同じ。その日、後生大事に着ていた紋付き羽織を古着屋にたたき売った」

紋付きの羽織を身につけるのは士分の証であった。

「あとは知ってのとおりだ。武士が穀潰《ごくつぶ》しだとさとったとはいえ、吾に他の能はない。こいつに頼るしかなかった」

山形が太刀を叩いた。

「なるほど。それでわかりましたよ。わたくしどもの店に用心棒の仕事はないかとお見えくださったときのご様子が、普通の浪人ではございませんでしたわけに」

「そんなに違っていたか」

「武士の魂だとは言われませんでした」

昼兵衛が太刀を見た。

「あっさりと、こいつを使って稼げないかと仰せでした」

「道具だからな、刀は」

山形が納得した。

浪人した武士たちは、庶民となる。武士は主君がいて初めてなりたつ身分であった。しかし、浪人となった者たちは、必死に武士であることにしがみつこうとした。再仕官に望みをかける者はもちろん、町屋で生きていこうとする者も、武士だと言い張り、その魂だと両刀を大切にした。両刀へ庶民が触れるなど論外、偶然当たっただけでも、武士の魂に無礼を働いたといって手討ちにすると騒ぐ。

「うちに仕事を求めてこられる方のほとんどは、藩にいたころはなんの流派で四天王と呼ばれたとか、竜虎《りゅうこ》だったとか、剣の腕を精一杯誇示されまする。それが山形さまにはなかった。ただ、刀を使っての仕事はないか、でした」

「よくそれで仕事を世話したな」

昼兵衛の口調にあきれを感じた山形が苦笑した。

「生きていく決意のあるお方だとわかりましたので。用心棒というのは、矜持で務まるものではございませんから」

「……たしかにな」

山形が同意した。

「そうそう、お願いしておりました八重さまの警固、店が焼けてしまいましたので、少し延ばしてくださいませ」

「こちらはかまわぬが……」

先ほど揚屋から出たときに、二日分の用心棒代金として一両もらった山形が言った。

「八重どのは大事ないのか」

「はい。妾志望の女とともに、大店の奥へ匿《かくま》っていただいておりまする。さすがに吉原でも、普通の店に馬鹿なまねはいたしますまい」

「ならばよいが」

説明に、山形が納得した。

「では、拙者はここで遠慮しよう。今日は朔日《ついたち》。吉原行事の日だ。二人を買ってやらねばならぬ」

吉原行事とは、節季や朔日などの区切りごとにおこなわれるもので、その日遊女の揚げ代が倍になった。普段の倍となると、なかなか馴染みでも行きにくい。だが、馴染みが来ないと、その日の揚げ代は遊女の自前となり、借財が増えるのだ。

「湯屋と、髪結いに行かねばな。薄汚れた浪人が馴染みでは、妓たちが恥ずかしいだろう」

言いながら山形が離れていった。

「朔日の揚げ代は倍。山形さまは、今日四人分の揚げ代を払う。そのうえで、妓の評判まで考えてやる。お優しいお方だ。腕も立ち、気遣いもできる。どこのお大名さまかは知りませんが、山形さまを捨てるなど大損をなさいましたな」

遠ざかる背中に、昼兵衛は頭を下げた。


山形と昼兵衛を送り出した笹間の顔色は悪かった。

「組屋敷に戻る。なにかあれば報せよ」

小者にそう命じて、笹間は八丁堀へと向かった。

「夜明け前にすまん」

笹間は己の家ではなく、二軒隣の組屋敷の門を叩いた。

「これは笹間さま」

町方の組屋敷である。夜中、急用で起こされることも多い。すぐに門が開いて、門番小者が顔を出した。

「南波《なんば》どのはおられるか」

「どうぞ、なかへ」

主の在を問うた笹間を門番小者はまず客間へと案内した。

「すぐに呼んで参りまする」

門番小者が笹間を客間に残して、奥へと入っていった。

「…………」

飾られた見事な調度に、目をやる余裕さえ失っている笹間のもとに、寝間着姿のままで南波が出てきた。

「どうした、こんな早くに。なにか大事でもあったか」

南波が問うた。

「筆頭与力どの」

笹間が姿勢を正した。

「お聞き願いたい。昨夕、吉原が……」

昼兵衛の店が放火されたことから、坂部能登守が介入してきたことまでを笹間が詳細に語った。

「西田屋の愚か者めが……」

聞き終わって南波が罵《ののし》った。

「このままでよろしゅうございましょうか。吉原に取りこまれすぎた同心の中山は謹慎させせましたが」

「吉原をしくじるわけにはいかぬぞ」

南波は中山のことに興味を示さなかった。

「どれだけの金が吉原から支給されていると思っているのだ」

「承知致しております る」

笹間が応じた。

「それだけではない。吉原をしくじったと知られたら……」

「他の出入り先にも波及すると」

「そうだ。金を払っていたが、町奉行所はいざというとき、ちゃんと動いてくれなかった。そういう噂が流れてみろ。多くの商家、大名家が出入りをやめるぞ」

「出入りをやめる」

笹間の顔色がなくなった。

出入りとは、外聞を気にする大名や商家がなにかあったとき、世間に知られないよう内々に処理してもらうため、町奉行所を頼ることだ。その代わり、節季ごとにまとまった金を町奉行所へ払う。その金が町方の余得となった。

町奉行所に与力は二十五騎、同心は百二十人いた。与力がおよそ二百石、同心が三十俵二人扶持と激務の割に禄は少ない。とくに同心だと年に十二両ていどにしかならない。これで手下である御用聞きの面倒まで見ている。とても足りるはずはなかった。

「出入りの金がなくなれば、明日町方は終わる」

南波が告げた。

「馬鹿をやったのは西田屋だ。だが、それを助けてやらねば出入りの意味がなくなる」

「どういたしましょう。お奉行さまより、吉原に手出し無用と釘は刺されました」

笹間が南波に迫った。

「要らぬ口出しをする」

南波が苦い顔をした。

「町方のことなどなにもわかっておらぬというに……」

「とはいえ、町奉行でございまする」

奉行である間、坂部能登守は町方を管轄する権を有している。

「我らが表に出るわけにはいかぬ」

「では、どうすると」

笹間が問うた。

「手下どもを使うしかあるまい。二足の草鞋《わらじ》を履いている連中がいるだろう。あやつらを……」

苦渋に満ちた声で南波が言った。

「よろしゅうございますので」

笹間が驚いた。

二足の草鞋とは、御上の御用聞きをしながら、博徒の親分をすることだ。いや、正確に言えば、博徒の親分が御用聞きをしている。御上の手下となることで、己の悪事を目こぼししてもらうためである。これは、博徒の親分に手札を渡す同心にも利のあることであった。まず、あまり派手なまねをしなくなる。素人衆《しろうと》をいかさま博打《ばくち》にはめたりしてもめ事となったとき、他の博徒たちよりも重罪となるからだ。次に、流れこんできた小悪党を素早く捕まえられる。小悪党は博打場などを頼ろうとするため、気づきやすくなる。

そして、なによりの利は闇とのつきあいができた。

町方の仕事は、罪人を捕まえるのが主たるものだ。だが、きれいごとだけでやってはいけなかった。人が増えると、それだけ目に見えない陰ができる。博打、隠し遊女、喧嘩、脅し、殺しなど、城下が大きくなるほど闇も深くなる。

正論でいけば、町方はその闇を払わなければならない。だが、闇を求める人がいるかぎり、それは無理であった。ならば、闇とうまくつきあい、あるていど見逃す代わりに、大事をしない。一種の密約を交わしたほうが、効率がいい。

町方と闇、それを繋ぐのが、二足の草鞋を履いた御用聞きであった。

「金が要りますぞ」

笹間が頬をゆがめた。

町方と闇は持ちつ持たれつであった。借りたものは返さなければならない。町方が闇に借りを作るわけにはいかなかった。

「金ならば、さきほどの同心、中山と申したかに払わせればよい」

南波が言った。

「払えば、なにもなかったとしてやると言えば、どうにかするであろう。定町廻りを外されれば、そのていどの金ではすまぬくらいの減収になる」

「たしかに。さすがは筆頭どの」

笹間が感心した。

同心には、定町廻り、臨時廻り、高積み廻りなど、幾種類もの役目があった。このなかでもっとも花形なのが、定町廻りであった。定町廻りは百二十人いる同心のなかで六人しかおらず、その任は決められた範囲の治安維持であった。だけに縄張りの商家とのつきあいは濃く、出入り以外に盆暮れの付け届けも多かった。他にも、庇護を欲しがる芸者や後家などを抱くこともできる。

定町廻りを交代すれば、それらの余得は一気になくなった。

「わかりましてございまする。費用は中山に申しつけるとして、誰に話を持ちかけましょうや」

二足の草鞋を履いている御用聞きは多い。笹間が誰にするかと問うた。

「そうよなあ。浅草はよろしくないな。妾屋の地元だ。どこでどう繋がっているかわからぬ」

南波が思案した。

「かといって離れすぎても困る。妾屋のことをまったく知らない連中では、勝負にならん」

「はい」

笹間が同意した。

与力は特殊な関係にあった。与力の石高は二百石平均でしかなく、多い者は二百五十石に届き、少ない者は百八十石に足りない。これは、与力の禄が南北の五十騎を合わせて一万石とされているからであり、個々の配分は勝手であったからだ。そして、その配分をおこなうのが、筆頭与力であった。南波は南に属する与力二十五騎分の五千石を預かり、好きに増減できた。南波の思惑一つで、笹間の禄は上下する。笹間が南波に気を遣うのは当然であった。

「駒形《こまがた》あたりにいなかったか」

「おりまする。黒板《くろいた》の発《はつ》という博徒が」

「黒板の発……聞いたことがあるな。誰の手下だ」

南波が尋ねた。

「同心山田《やまだ》一兵衛《いちべえ》でございまする」

「臨時廻りの山田か」

笹間の答えに、南波が思い出した。

臨時廻りは定町廻りを経験した老練な同心が任じられるもので、決められた縄張りを持たない代わりに、どこでも口出しができた。町奉行所同心のなかでも腕利きでなければ務まらない役目であった。

「山田ならば、うまくしてのけよう。儂が山田に話をする。おぬしは、中山を脅しあげておけ」

「承知」

指示に笹間が首肯した。

二

黒板の発は、駒形から両国橋に至る大川東《おおかわひがし》を縄張りとする博徒の親分であった。縄張りの内にある寺社、小旗本の屋敷を博打場として開帳し、金持ちの商人たちを遊ばせることで寺銭《てらせん》を稼いでいた。

「竿蔵《さおぞう》」

発が代貸《だいが》しを呼んだ。

「山城屋という浅草の妾屋を知っているか」

「知ってやすが、山城屋がどうかしやしたので」

竿蔵が訊いた。

代貸しは、親分に代わって賭場《とば》を差配する。度胸と人望がなければできない役目であった。

「山田の旦那が、ちと黙らせてこいとな」

「旦那が……なにをしでかしたんでござんす」

「知るか。旦那から金をいただいた。こっちは言われたことを果たすだけでいい。要らねえ事情まで知ると、あとでややこしいことになりかねねえ」

発が述べた。

「さようでござんした」

「で、山城屋はどんなやろうだ」

「山城屋の妾はいい女ばかりで評判は高いと聞いたことがござんす」

「評判なんぞどうでもいいだろう。腕は立つのか」

苛《いら》ついた顔で発が言った。

「妾屋で腕の立つ男なんぞいやせんよ。腕が立つなら、妾屋なんぞしませんでしょう。男一人前の商売じゃござんせんよ」

竿蔵が鼻先で笑った。

「おめえ……そんなのだから代貸しのままなんだ」

発が叱りつけた。

「いいか、山田の旦那の依頼だと最初に言っただろう。町方の旦那が、妾屋の始末を頼んでこられたんだ。その裏を考えねえか。罪をなすりつけて、拷問にかけて白状させて、小伝馬町へ送ってしまえば、あとは牢の名主が始末をしてくれる。それを今回は避けている」

幕府牢屋敷は小伝馬町にあった。そこから小伝馬町といえば牢を意味した。牢名主とは、死罪や遠島《えんとう》にはならないが、世間へ出られないほどの罪を犯した者で牢内を仕切った。牢に入る者が増え、狭くなったときなど間引きと称して、金を持っていない者や気に入らない者を殺すくらいのことはしてのける。

「わざわざおいらに金を積まなくてもできるんだ。その手が使えない相手だと気づけ」

「すいやせん」

竿蔵が詫びた。

「まったく、それでは娘をくれてやるわけにはいかんな」

「えっ……」

言われた竿蔵が顔をあげた。

「で、では、お嬢をあっしに」

「一人娘だ。おいらの跡取りとなれる男でないとやれまいが」

　発が言った。

「ありがとうございやす」

「まだやるとは言ってねえ。おめえがおいらの跡を取れるだけの男になってからの話だ」

「へ、へい」

　竿蔵の気はすでにうわずっていた。

「いいか。おいらがおめえを満《みつ》の婿に認めても、他の代貸したちが納得すめえ」

　縄張りは一人の親分で維持できるものではなかった。賭場が多くなれば、どうしても目が薄くなる。それを補うために代貸しがいた。

「どうすれば……」

「他の代貸したちを黙らせるだけの功績を立てればいい。今回の話などちょうどいいだろう。うまくいけば、山田さまが後ろ盾になってくださる」

「山田さまの後ろ盾」

竿蔵が歓喜した。

町方同心は博徒にとって天敵であった。いかに寺社や旗本の屋敷で開帳しているとはいえ、寺社奉行や目付へ話を通じられれば、それまでなのだ。ただ、寺社奉行や目付は、城下の博打場を探すほど人手がないから放置しているだけで、町方から話が来れば、手入れに動かざるを得ない。寺社奉行に目を付けられた寺社、目付に睨まれた旗本は潰される。そうなれば、賭場を失う。賭場がなくなれば客が減り、寺銭も少なくなる。金のなくなった博徒の親分など、刀を失った侍よりも役に立たなかった。

「そうだ。おいらがこれだけの縄張りを誇れるのは、山田さまが目こぼししてくださっているからだ。おめえが山田さまの後押しを受けたなら、他の代貸しも黙るしかあるめえ。おめえに反発して独立したら、すぐに山田さまが動いてくださるんだぞ」

「…………」

想像しているのだろう、竿蔵がうっとりした。

「そのためには、今回のご依頼をしっかり片づけなきゃなるめえ」

「わ、わかってやす。お任せくだせえ」

発の言葉に、竿蔵が意識を戻した。

「これを遣え。二十両ある」

箱火鉢の引き出しから発が金を出した。

「お預かりいたしやす」

拝むようにして竿蔵が受け取った。

「では、この件はおめえに任せた」

話は終わったと発が、煙管に火を付けた。

「見ていておくんなさい」

胸を張って竿蔵が出ていった。

「馬鹿は扱いやすい」

一人になった発が唇をまげた。

「おめえていどの男に、一人娘をやるはずなかろうが。満にはもっと値打ちのある男をあてがわなきゃいけねえ」

吐き捨てるように発が述べた。

「山田さまのお手付きもいいが、お歳だからな。いつまで現役でいられるかわから
ねえ。どうせ妾となるなら、若くて定町の旦那がいい。できれば与力さまを狙いた
いところだが」
発が顎に手を当てた。
「まだ満は十五歳だ。そうそう焦らなくてもいいか」
音を立てて煙管を箱火鉢に打ち付け、発が吸い終わった煙草《たばこ》を捨てた。
「うまくいってもいかなくても、どっちにせよ事情を知った竿蔵には死んでもらわ
なければならねえな」
発が暗い目をした。

博徒の縄張りである賭場には、いろいろな連中が集まってきた。客、その客を鴨《かも》
にしたい博打打ち、おこぼれに与《あずか》ろうとする小悪党などだ。客以外の悪党を放置し
ては、賭場の格が下がった。格が下がれば、いい客は来なくなる。そうなれば賭場
の上がりが落ちてしまう。
「先生、丹波《たんば》先生」

預かっている賭場へ戻った竿蔵は、広間の隅で太刀を抱えて居眠っている浪人者に声をかけた。

「おう、代貸しどの。なにもないぞ」

目を開けた丹波が大あくびをした。

「ちとお願いがございやして」

竿蔵が別室へ丹波を誘った。

「わかった」

丹波が従った。

竿蔵が預かっているのは小さな寺の庫裏《くり》を使った賭場であった。竿蔵は丹波を本堂へと連れこんだ。

「先生、腕の立つお仲間を集めていただけやせんか」

座る手間も惜しんで、竿蔵が言った。

「腕の立つ仲間……どこかに殴りこみでもかけるのかの」

のんびりと丹波が問うた。

「賭場じゃございませんが、人を一人あの世へ送っていただきたいんで」

笄蔵が告げた。

「人斬りか。金はもらえるのだろうな」

「もちろん、お支払いいたしやす」

「相手は」

「商人でござんす。浅草の山城屋という男で」

「……一人あたり十両で最低三人、できれば五人欲しい」

「丹波先生、なにを言われるんで。たかが商人一人に五人。しかも五十両なんて。出せるはずござんせんよ」

注文に笄蔵が目を剝いた。

「代貸しどのよ。相手が日本橋の白木屋だとかいうなら、一人五両で二人いればいい」

丹波がたとえを口にした。

「白木屋といえば、江戸一の大店。その当主をやるなんぞ、たいへんでございましょう。それが妾屋よりも安いとは……」

笄蔵がありえないと否定した。

「白木屋は一日千両稼ぐ大店の主だが、用心棒を連れていないからな。番頭や手代《てだい》を、それももと武士の奉公人を数人連れて歩いてるが、太刀を持っていなければどうという相手ではない。懐に呑んでいる匕首では、太刀に勝てぬ。間合いが違いすぎるでな。一撃でそんな奉公人は葬れる」

丹波が言った。

「妾屋は違うと」

「ああ。妾屋は恨みを買う商売でもある。妾を取りあげられた男が刃物を持って襲ってくるなどざらだという。用心棒が必須なのだ」

「用心棒といっても一人か二人でございましょう。それならば、先生一人で……」

「少しは頭を使われよ」

竿蔵の話を丹波が遮った。

「二人の用心棒を片付けている間も、妾屋が動かず待っていてくれるか」

「……逃げやすね」

「だろう。だから、用心棒の数以上に、こちらも人を出さねばならぬ」

「なるほど。それで最低三人と」

ようやく竿蔵が理解した。

「そうだ」

「では、あとの二人は」

「用心棒だぞ。腕が立つに決まっている。一対一で押さえられなければ、こちらの布陣が崩れる。万一のための備えだ」

丹波が説明した。

「五人、五十両はちょっと出せやせんよ。三人で二十両なら」

与えられた金は二十両しかない。竿蔵が首を左右に振った。

「二十両……一人六両二分二朱ほどか……残念だが断ろう」

丹波が拒んだ。

「先生……それはちょっとつれないんじゃございませんか」

竿蔵が焦った。

「拙者一人なら、おぬしとのつきあいを考えて引き受けるがな。他の二人にまで無理を押しつけるわけにもいくまいが」

「そこをなんとか」

「ならんな。七両足らずで命をかけてくれなどと言った日には、拙者が仲間からはじかれてしまうわ。なにかあったとき頼る仲間を失うのは、我らのような浪人者には辛い」

駄目だと丹波が拒否した。

「……十両かあ。お嬢を考えれば安いか」

竿蔵が考えた。

「承知しやした。三十両用意しやす」

「よいのか。十両は自腹だろう」

見ていればそれくらいはわかる。丹波が気を遣った。

「かまいやせん。お願いできやすか」

「わかった。おぬしがそれだけの覚悟を見せたのだ。こちらも応じねばな」

丹波が引き受けた。

「これを。残りは終わってからでよろしゅうござんすね」

預かっていた二十両を竿蔵が差し出した。

「うむ。では、早速、行ってこよう」

金を懐にして、丹波が立ちあがった。

由井正雪による慶安の役を受けて、幕府は大名取り潰しを減らした。だが、浪人者の数は変わらなかった。これは、参勤交代の負担や、物価の上昇により借金が増えた大名たちが、手っ取り早い倹約策として、人減らしに走ったからであった。

先祖の稼いだ禄で徒食していた武士が、いきなり世間へ放り出される。

寺子屋の師匠になる、商家で帳簿付けを手伝う、帰農するなどの手立てを得られた者は幸いだが、そのような幸運はまずなかった。ほとんどの者が、蓄えを食いつぶして尾羽《おは》うち枯らしていく。己に罪がないだけに、不満は高まる。なぜ、己がそのような理不尽な目に遭わなければならないのだという怒りは、やがて他人に向けられていく。

町人のくせに金を持っているなど論外、余っているならこちらに回して当然だ。

こうして浪人者の一部が、斬り取り強盗へと落ちていく。

法を犯せば、追われる。罪を犯した浪人者は、町奉行所の目を逃れるために、江戸の闇へと身を沈めた。

「二人、つきあえ」

駒形泥鰌《どじょう》の店に近い辻の奥、無住となった廃屋へ顔を出した丹波が言った。

「わかった」

「おれが行こう」

その一言だけで、二人の荒《すさ》んだ顔色の浪人が手をあげた。

「人を一人殺す」

丹波が告げた。

「金になるのか」

「いくらだ」

二人の浪人が、丹波に問うた。誰を殺すではなく、金の高《たか》を訊いてきた。

「一人十両だ」

「ほう」

「悪くないな」

金額に二人が喜んだ。

「紹介料はいつもどおり二分もらうぞ。いいな。渡辺《わたべ》、細田《ほそだ》」

「ああ」

「当然だな」

しっかりと間を抜くと言った丹波に二人がうなずいた。

「十両も出すということは、相手は強いのだな」

赤茶けた塗りのはげた鞘を持つ浪人が質問した。

「本人は商人だ。たいしたことはないだろう。問題は用心棒だ」

丹波が答えた。

「なるほどの。それで三人か。拙者と丹波氏、細田氏ならば難事ではないな」

あっさりと渡辺が納得した。

「いつもどおりでいくか。丹波氏が商人を。拙者と渡辺氏で用心棒を片付ける」

細田が策を口にした。

「うむ。これは前金だ。手数料は先に引かしてもらった」

金を丹波が差し出した。

「承知」

「かたじけない」

渡辺と細田が受け取った。

三

焼け跡の後片づけというのは手間がかかった。

「これはもう使えませんね」

昼兵衛は焼け落ちた瓦の下から出てきた鉄瓶を敷地の片隅へと投げた。使えなくなったものはまとめ、あとで屑《くず》もの買いを呼んで売り払うのだ。

「山城屋どの、帳面らしいものが出てきたぞ」

新左衛門ががれきの下から、和綴《わと》じされた書付の束を引っ張り出した。

「どれ……水に濡《ぬ》れたから燃えずにすんだのでしょうが、ありがたいですね」

帳面を昼兵衛は撫《な》でた。

「お客さまのお好みを記したこれは、妾屋の財産でございまする」

昼兵衛は喜んだ。男と女の仲は、子をなすという使命がなければ、単に好みの問題に落ちる。そこに妾屋の需要はあった。どの客がどのような容姿の女を好むのか、これは妾屋にとってなによりの情報であった。

「女は無事、帳面も見つかった。火事は不幸でございましたが、損害はなかったも同然でございまする」

昼兵衛がほっと息を吐いた。

「店は駄目になりましたが、これで商売はまったく影響ございません」

「したたかなものだ。我々ならば、火事で失った家財を惜しんで、立ち直れまい」

新左衛門が感心した。武士は未練を持ってはならないのだが、昨今、その気概は薄れていた。

「なくしたものは、戻りませぬ。それを悔やむ暇があれば、金を稼いで新たに買い直せばよいのでございますよ」

「言われる理屈はわかるがな。なかなか感情が納得せぬ」

昼兵衛の言葉に新左衛門が返した。

「でございましょうなあ。わたくしも女に傷が付けられていたならば、こう冷静ではおれませんでした」

わかると昼兵衛が首を縦に振った。

「もし、もしもだが、女の一人でも死んでいたら……」

ためらいを含んだ声で新左衛門が訊いた。

「吉原へ打ちこんで、西田屋に火を付けてやりまする」

笑いを消して昼兵衛が宣した。

「……西田屋は命拾いしたのだな」

新左衛門が小さく呟いた。

「同じでございましょう。もし、八重さまが死んでいれば……」

「西田屋の主の首は、胴についていないな」

昼兵衛の確認に新左衛門が告げた。

「よろしゅうございましたな」

「ああ。西田屋にとって幸いだった」

二人が顔を見合わせて笑った。

後ろも見ずに手にしていたがれきを、新左衛門が遠くへと投げた。

「……ちっ」

がれきが落ちる音に続いて、舌打ちがし、辻の角から三人の浪人が現れた。

「気づいていたか」

丹波が感心した。

「あれだけ露骨に目を向けられたのだぞ。気づかぬはずはない」

新左衛門が身体の向きを変えた。

「西田屋の使いか」

「……西田屋、誰だ」

丹波が首をかしげた。

「別口のようでございますな。人気者は辛い」

昼兵衛が嘆息した。

「おまえが山城屋か」

「さようでございまする。あなたさまは」

首肯した昼兵衛が問うた。

「気にするな」

名乗りを丹波が拒んだ。

「さようでございますか。では、聞きますすまい。墓に名前がないと不便かなと思っただけでございますので」

　昼兵衛があっさりと引いた。

「死ぬのはそちらだ」

　いきなり渡辺が太刀を抜き放ちながら襲いかかってきた。

「ふん」

　新左衛門が鼻先で笑った。気配に気づいたときから、警戒はしている。不意打ちなど喰らうはずはなかった。

「……喰らえ」

　真っ向唐竹割《からたけわり》にきた渡辺の一撃を、新左衛門は見切った。半歩身体を右へ動かすだけで、渡辺の一刀に空《くう》を打たせた。

「なにっ」

　当たると思いこんでいたか、渡辺が唖然とした。

「阿呆《あほう》」

　罵りを気合いに変えて、新左衛門は脇差を抜き撃った。

　すでに二人の間合いは一間《けん》（約一・八メートル）を割っていた。こう近いと長い太刀は取り回しがしにくい。

　新左衛門の脇差は、渡辺の胸へ吸いこまれた。

「がはっ」

　肺を破られた渡辺が血を吐いた。

「渡辺……」

「ちっ。油断した」

　細田と丹波が慌てて間合いを空けた。

「大月さま、一人は生かしておいていただけませぬか」

　昼兵衛が注文を出した。

「承知した」

「こいつ」

「舐めるな」

　あっさりと了承した新左衛門に二人の浪人者が憤慨した。

　生きて捕まえる。これは相当な力の差が要った。しかも二対一での状況である。

　新左衛門の返答は、二人などものの数ではないと言ったも同じであった。

「舐めているのはどちらだ。こちらは怒っているのだ。家に火を付けられ、何十年と続けてきた生業を奪われたのだぞ」

新左衛門が二人を睨みつけた。

「……………」

「な、なにを」

二人が新左衛門の殺気に怯えた。

「きさまらは、腹いせにちょうどいいところに来たのだ」

「……………」

言い切った新左衛門に二人が声をなくした。

「死にたくない奴から来い」

新左衛門が脇差を青眼に構えた。

「丹波……」

「わかっている」

二人が目で合図をしあった。

「りゃああ」

「やあ」

己を鼓舞するように気合い声をあげて、二人が同時に斬りかかってきた。しかも丹波が右から、細田が左から袈裟懸《けさが》けに迫った。

「…………」

右左のどちらにもかわせない。新左衛門は無言で前へ出た。

「あっ」

「馬鹿な……」

死地に跳びこむような新左衛門の動きに、二人が戸惑った。左右に逃げられないとなれば、後ろに下がるしかない。そこへつけこむはずだった二人の意図は、新左衛門によって崩された。

「ふん」

左右からの袈裟懸けに気を合わせれば、一定の高さに脇差を横たえるだけで受け止められる。

新左衛門は二人の刀を脇差で受け止めた。

「くそっ」

丹波が焦った。

「脇差だぞ……」

細田が顔色をなくした。

太刀にも打点というのはあった。振り下ろす太刀は肩より下がって初めて真価を発揮する。大柄な新左衛門は、二人の浪人よりも背が高い。新左衛門は二人の太刀を、相手の肩よりも高い位置で受け止めていた。

「少しだけ、お前のほうが早かったな」

新左衛門が細田を見た。

「ひっ……」

細田が悲鳴をあげた。

「おまえはあとだ」

言うより早く、新左衛門が細田の下腹を蹴り飛ばした。

「ぐえっ」

まともに喰らった細田が吹き飛んだ。

「こいつっ」

蹴るために重心を動かした新左衛門を隙と見た丹波が、太刀を引いて突きの体勢に入った。

「くたばれ」

突きに損じはない。突き技は一度その体勢に入ると防ぎようがないと言われている。丹波が勝ちを確信した。

「それがどうした」

新左衛門は脇差を突き出し、丹波の切っ先を脇差の鍔《つば》で止めた。

「なぜ……」

止められた丹波が言葉を失った。

「突きは切っ先さえ見ていれば、どこを狙っているか、まるわかりだろうが」

教えながら新左衛門は脇差から手を離し、太刀を抜いた。

「わ、わああ」

全体重を前に出して突いたのだ。丹波は咄嗟に反応できなかった。新左衛門の太刀が、丹波の胸を存分に斬り裂いた。

「さて、どうする。死ぬか、それとも……」

倒れた丹波を見向きもせず、新左衛門が震えている細田へ太刀を向けた。

「た、助けてくれ……。なにも知らぬ。その丹波に誘われただけだ」

細田が手にしていた太刀を捨てた。

「これでいいか」

「けっこうでございまする」

訊いた新左衛門へ昼兵衛がうなずいた。

「こいつらのことは、海老さんに調べていただきましょう」

昼兵衛が冷たい目で細田を見下ろした。


桶屋の辰が金を取りに吉原に来たのは、昼見世が始まってすぐの八つ（午後二時ごろ）を過ぎたところだった。

「いらっしゃいやし」

西田屋の忘八が出迎えた。

「甚右衛門はいるか」

「お待ちいたしております。どうぞ、奥へ」

あらかじめ決められていたのだろう、忘八が案内に立った。

「邪魔するぜ。金は用意したか」

部屋に入るなり、桶屋の辰が手を出した。

「お座りになられてはいかがで」

西田屋甚右衛門が顔をしかめた。

「もらったら、すぐに帰るからな」

「おや、遊んでいかれませんので」

告げた桶屋の辰に、西田屋甚右衛門が驚いた。

「大金を持ったままで遊ぶほど、馬鹿じゃねえよ。枕探しにでも遭ったら、目もあてられねえ」

桶屋の辰が手を振った。

枕探しとは、寝ている間に懐中物などを盗む者のことだ。

「うちの妓は盗みなどしませんよ」

西田屋甚右衛門が心外だと言った。

「女は大丈夫でも忘八がいるじゃねえか」

じろりと桶屋の辰が、案内してくれた忘八を睨んだ。

盗みや殺しをして、捕まりたくないから吉原に逃げこんだというのが忘八のほとんどである。町方にとって、罪を犯していながら捕まえられない忘八ほど腹立たしいものはいなかった。

「お客さまのものに手出しをする忘八なぞおりませんよ。わかった段階で、仕置きされますから」

「信用できんな」

木で鼻をくくるような返答を桶屋の辰がした。

「さようでございますか。ならば、強いてとは申しあげません」

西田屋甚右衛門が苦笑した。

「それより、金だ」

もう一度桶屋の辰が手を出した。

「こちらにご用意いたしておりまする」

西田屋甚右衛門が、手元の金箱から切り餅を四つ出した。切り餅は一つ二十五両である。小判二十五枚の場合と、一分金百枚のときがあった。

「小判かい。気が利くな。一分金だと重いからな」

言いながら桶屋の辰が切り餅を懐へしまった。

「ではな」

「喉くらい湿されてはいかがで。敵の家に来ても茶を飲むものでございますよ」

そそくさと帰ろうとした桶屋の辰を、西田屋甚右衛門が止めた。

「酒は置いておいてくれ。あとでまた来る。ああ、女も取り置いてもらおう。乳の大きな、腰の細い妓を頼む。年季明け寸前の年増は困るが、男慣れしてない来たての女も勘弁してくれよ。床技の拙《つたな》い妓なんぞ、冗談じゃやねえ」

桶屋の辰が注文を付けた。

「わかりましてございますよ。ちょうどいい女がおります。今年で二十歳《はたち》、うちに来て四年、まるで瓜《うり》のような乳をしてますよ」

「けっこうだ。ではな」

手をあげて桶屋の辰が出ていった。

「わかっているね。与蔵」

西田屋甚右衛門が隣室に控えていた忘八へ命じた。

「へい」

与蔵がうなずいて、桶屋の辰の後を追った。

四

「あれは……御用聞きの。西田屋の馴染みだったのか」

桶屋の辰が西田屋に入っていくのを三浦屋の忘八が見ていた。

「……もう出てきただと。いくらなんでも早すぎる」

すぐに出てきた桶屋の辰に三浦屋の忘八が目を見張った。

「懐が重くなっている」

三浦屋の忘八が気づいた。

元文《げんぶん》小判一枚の重さは四匁《もんめ》弱（約十三グラム）である。百両だと四百匁（約一・三キログラム）になった。それだけの重さのものを懐に入れるとどうしても前に重心がずれる。

「手で支えているということは、金か」

桶屋の辰がしっかりと懐を押さえているのを三浦屋の忘八は見逃さなかった。

「こいつだな」

三浦屋の忘八が、先回りして会所へ戻った。

「御用聞きが出ていくぞ」

「へい。あとは引き継ぎやす」

会所にいた三浦屋の忘八、安八がすばやく会所を出た。

「三浦屋の安八でございやす。ちいと軒先お貸しくださいやし」

安八は大門外に並んでいる編み笠茶屋の一軒に身を滑りこませた。

編み笠茶屋は吉原通いを見られたくない武士や僧侶などに、顔を隠すための編み笠を貸し出すところである。他にも衣服などの貸し出しもおこなっている関係上、外から店のなかが見にくいように、臑まである長い暖簾を下げていた。

「しばらくお願いしやす」

安八は三浦屋の看板である法被《はっぴ》を脱いで、編み笠茶屋に預けた。

吉原が寂れれば編み笠茶屋も潰れる。編み笠茶屋と吉原は、持ちつ持たれつであり、忘八たちとも顔馴染みであった。

「……………」

安八が大門を見張った。

吉原の大門は八つから深更まで開かれている。開けたばかりの大門を潜ってくる男のほとんどが武家であった。

無断外泊の禁じられている武家は昼遊びしか許されていなかった。昨今は、藩邸の目も柔らかくなり、門番足軽を買収しておいて、夜遊びをする武家もいないではないが、基本は昼である。

「これが吉原でござるか」

最近江戸へ来たばかりと見ただけでわかる田舎侍が、大門の下で立ち止まった。

「こんなところで、止まるんじゃねえ。危うくぶつかるところじゃねえか」

当たりそうになった桶屋の辰が文句をつけた。持ちつけない大金を懐に抱えている桶屋の辰は気が立っていた。

「貴様、武士に向かって無礼であろう」

田舎侍が怒った。

「よせ、田中」

同行していた侍が止めた。

「ここは吉原だ。大門のなかでは、身分は通じぬ。大名であろうが、百姓であろうが、すべて客というくくりでしかない」

「馬鹿なことを言うな、武士をなんだと思っているのだ」

田舎ほど武士への尊敬は厚い。田中と言われた田舎侍が驚いた。

「大門内でなにがあっても藩は助けぬ。死に損が決まり」

田中を宥めていた武士が、桶屋の辰に頭を下げた。

「悪かったの。楽しんだ帰りであったろう」

「ふん。よかったな。お仲間に助けられた。よく教えてもらえ。吉原は、田舎の遊女屋とは格が違うんだ」

鼻先で笑って、桶屋の辰が歩き出した。

「おのれ……」

「相手にするな。それより女を見に行こうぞ。まずは格子ごしに見て回ろう。終わるころには太夫道中が始まろうほどに。太夫は凄《すご》いぞ、おぬしが見たこともないほどの美形じゃ」

田中の興味をそらそうともう一人の藩士が語った。

「……それほどか」

「うむ。拙者も初めて見たとき、天女じゃと思うたぞ」

「天女か」

女は男の鋭気を受け止める。田中の顔から険が消えた。


「来た」

安八が近づいてくる桶屋の辰を見つけた。

「たしかに懐を後生大事に抱いてやがる。ありゃあ、金だな」

安八も見抜いた。

吉原を始め、遊郭にいる男衆は、客が金を持っているかどうかを的確に見抜く練習を積まされた。なにせ悪所と言われる場所なのだ。来る客のすべてがおとなしいわけではなかった。なかには、金を持たずに登楼し、飯を食い、酒を飲み、女を抱いてから支払いの段となって金がないと言い出す輩もいる。

取り立てができる場合はまだよかった。付《つ》け馬《うま》という忘八をつけて、実家なりに請求すればいい。手間賃もしっかり上乗せできるから、損はない。

たちが悪いのは、この世の名残《なごり》とばかりに無茶をする奴であった。そんな奴は、十二分に親戚知人に迷惑をかけている。親子勘当、親戚一同義絶など当たり前、どこへ連れていっても尻を持ってくれる相手などいない。では、忘八にして働かせるかというと、それも無理であった。吉原の忘八は、酒にも女にも耐性がなければならないのだ。最期だからたっぷり味わってからというような、中途半端な奴なんぞ使いものにならなかった。

そうなれば結局見世が損をかぶるしかなくなる。それを防ぐには、客が金を持っているかどうか、馬鹿をしそうにないかどうかをしっかりと見極めなければならない。忘八は自然と客を見る目を養っていった。

「後を……」

桶屋の辰が過ぎていくのを見送って、暖簾から出ようとした安八が息を殺した。

「あれは、西田屋の忘八頭だった与蔵じゃねえか」

安八が、見え隠れに桶屋の辰の後をつけている与蔵に気づいた。

「……ふううむ」

与蔵の背中を見ながら、安八がうなった。

「ややこしいことになりそうだぜ」

もう一度周囲に気を配ってから、安八が暖簾を出た。

桶屋の辰も御用聞きである。しかも西田屋甚右衛門を脅して金を巻きあげたばかりなのだ。後をつけられていないかどうかを気にしていた。

「さてと……」

五十間道の曲がり角で、桶屋の辰が止まった。

山谷堀《さんやぼり》の日本堤《にほんづつみ》から吉原へ向かって延びている五十間道は、途中で大きく曲がっていた。これは鷹狩《たかが》りで将軍が日本堤を通ったとき、直接悪所吉原の姿が見えないようにとの配慮からであった。

つまり、この角に立って振り返れば、大門までを一目で見通せた。

「………」

振り向いた桶屋の辰は、五十間道にいる人影を一つ一つ確認していった。

「全部で五人か。顔は覚えた」

桶屋の辰がにやりと笑った。

「ここにいた連中が、どこまで一緒に来るか」

吉原からの帰り道は大きく分けて二つあった。一つが五十間道から日本堤、大川端《ばた》を通るもの、もう一つは、大門を出てすぐに曲がり、吉原に沿うようにして進み、浅草田圃のあぜ道を通過して浅草寺へと向かうものである。

あぜ道は近道だったが足下が悪く、裾《すそ》や足袋《たび》を汚すことが多く、粋《いき》を尊ぶ江戸の男たちの間では不評であった。となれば、五十間道を使う者が増える。

とはいえ、いつまでも一緒ではない。大川端までは同行しても、そこからは辻がいくつもある。深川《ふかがわ》へ回るならば、渡し船もある。

桶屋の辰は、同じときに五十間道にいる男の顔を覚えることによって、尾行してくる者をあぶり出そうとしていた。

「…………」

与蔵は気にせずに歩き、止まった桶屋の辰を追い抜いていった。

「道の真ん中で止まらないでくださいよ」

安八は桶屋の辰に文句を言いながら、通り過ぎた。

「……ふん」

足を止めた者がいなかったのが気に入らないのか、鼻を鳴らして桶屋の辰も歩き出した。

五十間道の曲がり角を少しだけ行った右に一本の柳が立っていた。

吉原名物の見返り柳であった。ここを過ぎれば振り向いても吉原は見えなくなる。一夜の情を交わした男が、相手の遊女を思って足を止め、昨夜をしのんで吉原を見つめる。そこから見返り柳と呼ばれていた。

「いい女だなあ」

見返り柳に手を突きながら、安八は大門を振り返った。

「帰り際に、十日も待てないって、おいらの小指を甘噛みしやがった」

わざと安八がだらしのない顔をした。

遊女が客の小指を噛むのも手管《てくだ》の一つであった。忘八である安八は、それをいつも見ていた。

「ふん。妓になにを求めてやがる」

聞こえたと桶屋の辰が笑った。

「ほっといてくれ。おいらが、どこの遊女と間夫《まぶ》となろうが、おめえにはかかわりのないことだ」

安八が言い返した。間夫とは、遊女にとって本当に大切な男という意味である。

「世間知らずな、若造に教えてやっているのよ。おめえの小指を噛んだ遊女は、今頃、別の男のものをくわえこんで腰を振っているさ」

桶屋の辰が嘲笑した。

「それがどうしたい」

鼻先で安八が笑った。

「相手は吉原の遊女だ。月のものの日であろうが、熱が出てようが、客を取るのが仕事。それを知っていて、こっちは馴染みになっているんでえ。他の男に抱かれたくらいで、妬《や》いているようじゃ、間夫なんぞ務まるものか」

「こいつ……」

見事な反論に、桶屋の辰が押された。

「そっちこそ、どうなんでえ。ちゃんと遊女に相手してもらったのか。振られて独り寝だったんだろう」

逆に安八が嘲《あざけ》った。

吉原の遊女だけの特権として、気に入らない客を振れた。これも吉原が客と遊女を夫婦と見立てているからであった。夫婦の間でも、妻が閨を拒むことはままある。客が気に入らない態度、言動をした、あるいは乱暴なまねをしようとしたなど、理由さえあれば、遊女は閨ごとを拒めた。このとき、客は決して無理矢理遊女を手込めにしてはならなかった。これはしきたりではないが、遊女の機嫌が直るまで我慢するのが客の度量とされ、無理を強いた男は、見世の出入りを禁止された。

「舐めるなよ。今夜にでも太夫を侍《はべ》らせることができるんだぞ。こちとら」

侮られた桶屋の辰が自慢した。

「冗談は寝てからにしてくれ。その身形《みなり》で太夫を買う。ああ、どれだけの金がかかるか知らねえほどの田舎者だったのか。太夫を一夜買い切るには十両もの金がかかるんだぞ」

安八があきれた。

太夫の揚げ代はさして高いものではなかった。多くは、二分、一両の半分くらいである。ただ、太夫を買うには、揚げ代だけでは足りなかった。まず、太夫は遊女屋でなく、貸座敷である揚屋に呼ばなければならなかった。当然貸座敷の代金がかかる。また、吉原の遊女の夕餉《ゆうげ》は一夜買い切りにする客の負担であった。吉原を代表する美女である太夫の夕餉に、いなり寿司というわけにはいかない。ちゃんとした仕出し屋からふさわしいだけの料理をとることになる。まあ、これだけならばさしたるものではなかった。全部合わせても一両もあれば足りる。

問題は、太夫についている者たちであった。

太夫には専用の忘八、荷物持ちの禿《かむろ》と呼ばれる童女二人、妹女郎一人がついていた。最低でこれだけである。吉原看板と呼ばれるような太夫ともなると、他に傘持ちの忘八、専用の仕立て女、茶点《ちゃた》て女などが加わる。客は、これらすべての付き人の食事代も負担するのだ。そのうえ、心付けまで弾まなければならない。

十両ですめば安いくらいであった。

「それくらいの金、いつでも払える」

つい勢いに乗ってしまった桶屋の辰が、懐を叩いた。

「そいつは豪儀だ。おみそれをいたしやした」

安八が詫びた。

「わかればいい」

あっさりと頭を下げた安八に、桶屋の辰が鼻白《はなじろ》んだ。

「どうぞ、お先に。叔父貴」

安八が大仰《おおぎょう》な振りで、桶屋の辰を促した。

「あ、ああ。気に入ったぞ、今度どこかで一杯おごってやる」

桶屋の辰の機嫌がよくなった。

「それはかたじけねえことで」

安八が喜んでみせた。

「じゃあな」

桶屋の辰が手を振って歩き出した。

「甘《あめ》えやろうだな」

声が聞こえないほど離れてから安八が口の端をゆがめた。

「さてと……」

安八が着ていた小袖《こそで》を脱ぎ、裏返した。濃い茶の無地から、紺の網目縞《じま》へと小袖が替わった。

「後は頰被《ほおかぶ》りをすれば……」

手ぬぐいで深めに頰被りをした安八は、別人のように身形を変化させた。

「ほいっ。これでばれるまい」

柳とは反対側に素早く移動した安八は、かなり前を行く桶屋の辰の背中を見つめた。

「……………」

与蔵は大川端まで先に進んでいた。大川を渡るにせよ、浅草へ向かうにせよ、川端は通る。後をつけていなくとも、大丈夫であった。

「遅いな……」

安八と遣り取りしたぶん、桶屋の辰が遅れていた。

「来た」

日本堤の上に、桶屋の辰の姿が見えた。

「……………」

与蔵は無言で、浄閑寺《じょうかんじ》の山門の陰へ身を潜めた。

浄閑寺は、吉原で死んだ遊女や忘八の供養をしてくれる寺である。日本堤と大川端の角近くにあったが、あまり参拝客は来なかった。というのは、死んだ遊女や忘八をしっかりと埋葬せず、大きく掘った穴に投げただけで放置したため、死臭がすさまじかったからである。夏場で風向きが悪いと吉原まで匂うほどといえば、どれだけひどいかわかる。

「相かわらず臭《くせ》えな」

山門から顔を背け、鼻をつまみながら桶屋の辰が足を速めた。

「……よし」

与蔵が気配を消して山門を出た。

「やはりあそこで待っていやがったか」

それを安八は見ていた。

「一度戻って旦那にご相談すべきだな。相手が誰かわかっているんだ。もっともそうなると与蔵が辰の後をつけている理由がわからないが……」

安八が思案した。

「馬鹿の考え休むに似たりだ。旦那の判断に任せる」

結論を出した安八が、踵《きびす》を返した。

五

金で雇われた浪人者に、忠義などない。あっさりと細田は、知る限りをしゃべった。

「黒板の発の賭場で用心棒をしていたのか、丹波という男は」

新左衛門はなんとも言えない顔をした。丹波は新左衛門の違った末路であったかも知れないと感じたのだ。

「黒板の発を知っているかい」

呼び出されて同席していた海老に昼兵衛が訊いた。

「知ってやす。浅草の南、駒形から両国橋の北端のあたりを縄張りにしている博徒の親分で、住んでいる家が黒板塀の小粋なしもた屋ということでそう呼ばれてやす」

「博徒の親分……。吉原との相性は悪いだろうに」

昼兵衛が首をかしげた。博打と女郎買いは男の二大煩悩と言われている。ともに道楽の極地であり、どちらも金がかかった。そう、遊女を買えば博打をする金がなくなるのだ。互いに客を食い合う仲になる博打と女郎買いは敵対していた。

「吉原以外か」

「思い当たる節が多すぎて、絞り込めませんねえ」

昼兵衛がお手上げだと首を左右に振った。

「因果な商売だの、妾屋とは」

「欲に絡む商売はどこも同じでございますよ」

感心する新左衛門に、昼兵衛が反論した。

「因果な商売といえば、黒板の発は御用聞きもしていましたぜ」

海老が思い出した。

「二足の草鞋だね。どこの手札かわかっているかい」

「そこまでは……浅草なら全部知っているんですが」

申しわけなさそうに海老が頭を掻いた。

「調べてくれるかい」

「半日くだせえ」

昼兵衛の依頼に海老が応じた。

縄張りの外とはいえ、手だてはいくつもある。海老は二刻（約四時間）ほどで調べあげてきた。

「南の臨時廻り山田という同心の手札を預かっているようでござんす」

「そうかい。やはり南かい」

「あの中山とかいう同心も南だったな」

海老の報告に昼兵衛と新左衛門が嘆息した。

「どうする。山田とかいう同心を……」

新左衛門が殺気を発した。

「殺しませんよ。町方は身内に手出しをされたら、蛇よりしつこいので」

昼兵衛が否定した。

「では、黒板の発とかいうのを」

「大月さま、ちょっとお考えが物騒に染まりすぎておられますよ」

昼兵衛が苦笑した。

「このまま放置するつもりではなかろうな」

新左衛門が非難の響きを言葉にのせた。

「ご冗談を」

笑いを昼兵衛が消した。

「どうするというのだ」

「小役人が一番嫌がる手段をとりますよ」

「一番嫌がる……町奉行に報せるのか」

「いいえ。町方は町奉行を馬鹿にしていますからねえ」

昼兵衛が否定した。

「どうするつもりだ」

新左衛門が訊いた。

「交代していく町奉行よりも威力のあるお方を使わせていただきまする」

「林さまか」

尾張は御三家だが、幕政への影響力はほとんどない。となれば、昼兵衛の伝手で考えられるのは小姓組頭林出羽守しかいなかった。

「借りを一つ作ることになりますが……」

焼けた店を見ながら、昼兵衛が嘆息した。

「ここまでくれば、もう避けられますまい。吉原を敵に回すのは、町方から目を付けられるのも同じ。あれだけ吉原が火付けの犯人だと訴えたところで、なんの動きもない。桶屋の辰が連れていった忘八が牢に入ったという話さえも聞こえてきませぬ。これは、町方が吉原をかばっている証拠」

「たしかにな」

新左衛門が納得した。

「かといって町方に勝負を挑んでも勝てませぬ。負けはせぬでしょうがね」

尾張藩士格を持っている昼兵衛に町方は手出しできない。

「ですが、こういった御用聞きを使った嫌がらせは防げませぬ。町方は知らぬ顔できますからね。そして、いつかは負けまする。こちらは一人、向こうは何人でも出せまする。数が違いすぎます」

「ああ」

昼兵衛の意見に新左衛門は同意した。

新左衛門と山形は遣い手であった。そのあたりの道場主ていどなら相手にならないほどの腕を持つが、二人だけで昼兵衛は守りきれなかった。人の緊張はそうそう続かないのだ。襲撃が積み重なれば、疲れから注意力が散漫となり、どこかで穴ができる。そこを突かれれば終わりであった。

「林さまの思惑にはまるのは、ちと不本意でございますがね。死ぬよりはましでございましょう」

「うむ」

「ということで、わたくしは出かけて参りまする」

「供しよう」

昼兵衛に新左衛門は従った。

林出羽守は昼兵衛の来訪を待っていた。

「思ったよりも早かったな」

「のんびりしていては、売りどきを逃しまする。投げ売りになって泣くより、高値で売るほうがましかと」

昼兵衛が胸を張った。

「さすがだな。八重の貸しがまだあるとか言い出してきたならば、追い返していた」

「八重さまの貸しは、八重さまのもの。わたくしのものではございませぬゆえ」

林出羽守に昼兵衛が応えた。

「吾の下に付く。それでいいのだな」

「はい。ただし、女を食いものになさるようであれば、手を嚙ませていただきまする」

確認する林出羽守へ昼兵衛が制限を付けた。

「安心しろ。御上はそこまで暇ではない。商人が分不相応に妾を五人囲おうとも気にせぬ。ただ、妾から得た話をそなたがまとめ、吾にあげてくれればいい」

「睦言を利用されると」

林出羽守の条件に、昼兵衛が苦い顔をした。

睦言とは、男女が閨ごとの前後に交わす会話のことである。男は抱いた女に弱い。いや、己のものと思い、まったく警戒しなくなる。誰にも話せないような秘密も、つい漏らしてしまう。

「そうだ。もちろん、商売の秘密などどうでもよいぞ。米の値段が上がりそうだとかいう相場も不要だ」

相場は水ものと言われているが、あるていどの操作は可能であった。金のある商人が、買い占めを始めれば上がり、売り払えば下がる。それを知っていれば、莫大な利益を生み出せた。

「我らが欲しいのは、政への不満と謀反の準備、その密告だ」

林出羽守が言った。

「謀反、この泰平の御世《みよ》にそんな馬鹿をするやつなんぞいませんよ。もし、いても女に漏らすようならば、放っておいてもどうということはございますまい」

昼兵衛が鼻先で笑った。

「外様による武力の謀反ではないわ」

林出羽守が手を振った。

「我らが欲しいのは、将軍さまの代替わりを狙う連中の動きよ」

「御三家、御三卿《きょう》……」

「さすがだな」

　すぐに理解した昼兵衛を、林出羽守が褒めた。

「上様にはお子様がおられるゆえ、波風は立つまいと思っておる者がほとんどだ。だが、我らは大奥で竹千代《たけちよ》さまが害されたと知っている」

　家斉の嫡男竹千代は、大奥で毒殺されていた。さらにその魔手は、内証の方の産んだ姫にまで及ぼうとした。なんとか八重のおかげで防げたが、まだ誰が命じたのかはわかっていなかった。

「御三家、御三卿の家老ども、出入りの商人たち。妾を囲っている者は多い。そこから得られるものを吾は欲している」

　寵臣林出羽守の忠義は、一人家斉に向けられている。

「大奥のご側室方も妾でございまする。とくに内証の方さまとは、縁もございました。八重さまにもよくしてくださったと聞きまする。そのお方をお守りするのは妾屋の誇り。わかりましてございまする」

　昼兵衛は受け入れた。

「けっこうだ。詳細は吉原の一件が落ち着いてから詰めようぞ」

「はい」

吉原の一件が落ち着く。その裏にある意味を昼兵衛は嗅《か》ぎ取った。

「それとな、もう一つ教えておくことがある」

「なにでございましょう」

言い出した林出羽守に、昼兵衛は耳を傾けた。


林出羽守が口にはしなかった町方のことだったが、翌日、南町奉行所を激震が襲った。

「南町奉行所与力南波祝之助《いわいのすけ》、伊勢《いせ》山田《やまだ》奉行所与力を命じる」

伊勢山田奉行所は、伊勢神宮の守護、門前町の支配、伊勢、志摩の訴訟、鳥羽港の警備などを任とした。大岡越前守《おおおかえちぜんのかみ》が伊勢山田奉行時代の功績で町奉行に抜擢《ばってき》されたところからもわかるように、町奉行よりは格下であり、余得も江戸町奉行所与力とは比べものにならないほど少ない。

さらに吟味方与力笹間が甲府勤番方与力、定町廻り同心中山と臨時廻り同心山田の二人はそろって大番組同心へと異動を命じられた。どれも余得などまったくなく、本禄だけで生活しなければならない。

あからさまな左遷であった。

「馬鹿な……」

制度上は異動もあるとされている町方であるが、その任の特殊さからほとんどおこなわれていなかった。それがいきなり筆頭与力を含む与力二騎、同心二人の左遷である。南北両町奉行所に属する与力同心は震撼《しんかん》した。

「妾屋だ……」

裏を調べるのは、町方の得意とするところである。左遷の理由が知れ渡るのに一日かからなかった。

「山城屋には手を出すな」

吉原からの金を失うほうが、左遷を喰らうよりまし。町方は一件から手を引いた。

そして、桶屋の辰の後をつけた与蔵はとうとう吉原へ戻ってこなかった。

第五章　揺れる苦界

一

林出羽守と会った数日後、ようやく火事場の後片づけを終えた昼兵衛と新左衛門は浅草田圃のあぜ道を通って、吉原へと向かった。浅草から吉原に出るには、こちら回りがずいぶんと近い。

「まずは腹ごしらえをしましょう」

大門に着いた昼兵衛が、蕎麦《そば》屋へ新左衛門を誘った。いつのころからか、吉原の大門前には一軒の蕎麦屋があった。

「蕎麦か。蕎麦は腹にたまらぬ」

新左衛門が不満を口にした。

「吉原でまともなものを妥当な金で食うなら、ここしかございませんよ」

昼兵衛が苦笑した。

「まあ、ここもちょっと高いのですがね。大門内の食いもの屋は、ふざけているとしか思えない値段で、ろくでもないものを出しますから」

「そうなのか」

「遊ぶところはどこでも同じでございますよ。腹が減ったからといって、浅草まで飯を食いに戻ってはいられませんでしょう。そこに付けこんでいるんですよ、なかの連中は」

腹立たしいと昼兵衛は吐き捨てた。

「親爺《おやじ》さん、わたしに盛り蕎麦を三枚、こちらに五枚頼むよ」

さっさと昼兵衛が注文した。

「すまんな」

多めの注文に新左衛門が礼を言った。

「なあに、ここからは大月さまに働いていただくことになりますので」

昼兵衛が手を振った。

「任せてもらう」

新左衛門が胸を張った。

蕎麦はうまくもまずくもなかった。

「浅草ならば三日で潰れましょう」

食べながら昼兵衛が言った。

「しかし、客は後を絶たぬぞ」

次から次へと入ってくる男たちに、新左衛門は目を剝いていた。

「このていどで、これだけの繁盛。どれほどなかがひどいか、おわかりになられましたでしょう」

昼兵衛が蕎麦湯をすすった。

「さて、話を進めますよ。山形さまから聞かれていましょうが、右手が会所、左が番所とわかれておりまする」

「ああ、聞いている」

新左衛門はまだ蕎麦をたぐっていた。

「一応、左の番所は町方のものでございますが、実質は役立たずでございまする。

町方の見回りはございませんし、詰めている小者たちは吉原の金に飼いならされていますので。大門内で多少暴れたところで、様子も見に来ません」

「それでいいのか」

思わず新左衛門の箸が止まった。

「お互いの思惑が一致した。その形でございますな。吉原は町奉行所の手が入ることを嫌がり、町奉行所は吉原というもめ事の固まりを放置できる」

「あきれたものだ」

新左衛門が首を左右に振った。

「御上も人手不足でございますからね。町奉行所に面倒がなければ、どうでもよいのでございますよ。所詮、御上は御上。庶民のことなんぞ、なんとも思ってはいません。ただ、御上の面目を立てたいだけ」

昼兵衛がなんとも言えない顔で告げた。

「でなければ、百姓は生かさず殺さずなぞと言いませんよ。百姓をちゃんと守って、しっかり田畑を耕してもらったほうが、収穫は増える。だが、そんなことをして、百姓に大きな顔をされてはたまらない。だから上から押さえつけて、力を持つのを邪魔している」

「なぜだ。百姓が働いて収穫が増えれば、年貢も多くなるだろうに」

新左衛門が首をかしげた。

「そんなことはどうでもいいのでございますよ。御上のお役人たちにとって、今よりよくなることなど望んでません。お役人たちは、現状を維持できればよいのでございます。この手を打てば年貢が増えるとわかっていても、それは変革をもたらしまする。そうすることによって、誰もが得をするとは限りませぬ」

「得をしない。年貢が増えるのに」

意味がわからないと新左衛門が疑問を呈した。

「新しいやり方をする前の代官が困りましょう。人が代わったとたんに、村がよくなったとなれば、前任者はなにをしていたのだと、咎められましょう」

「当たり前のことではないか。なにもしていなかったのだ。その責は負わねばなるまい」

昼兵衛の言葉に、新左衛門が驚いた。

「ところが、お役人にとっては違うのでございますよ。ずっと同じことをしていれば、少なくとも咎められたりはいたしません。新しいことをして痛い目を見るより、ずっとぬるま湯にいるほうがいい。なにせ、お役人は失策さえしなければ、代々禄を受け継いでいけますので」

「……………」

新左衛門が言葉を失った。

「だから林さまは危ない」

昼兵衛が声をひそめた。

「危ない……」

「はい。林さまは、吉原を町奉行の管轄に取りこもうとなさっておられる。将軍のお膝元に、その権力が及ばないご免色里があるなど、許せないとお考えでございまする」

昼兵衛が述べた。

「それは町方にとって要らぬお世話でしかない。吉原を管轄として、なにか大事でもあれば、町奉行の責任となりまする」

「女と酒があるのだ。問題が起こらないはずはないか」

新左衛門が嘆息した。

「もめ事は日常茶飯事でございますよ。同じ遊女を取り合ったり、代金の支払いでごたついたり。まあ、このていどなら、浅草あたりの茶屋でもままあることで、珍しいものではございませんがね」

「吉原では、それ以上があると」

「はい。さすがに最近はございませんが、ちょっと前まで、遊女が己に惚れていると思いこんだ田舎のお侍の取り籠《こ》もりがよくございました」

取り籠もりとは、人質を取って家屋に立て籠もることである。

「勘違いか」

「はい。遊女の好いたはれたは手練手管でございまする。気に染まぬ相手でも、通ってもらわないと困るわけで……となれば、閨で技を使うだけでなく、口説《くぜつ》の一つも囁きまする。それをわかっていない参勤で出て来たお侍が、惚れこんだ遊女を吉原から救い出そうとして、刀を持って見世へ暴れこんでしまう。だが、いざとなると遊女は逃げまする。そこで、ようやく目が覚めるわけでございますが、今度はだまされたと怒り、遊女を人質に取って……となるわけで」

昼兵衛があきれた顔をした。

「心せねばならぬな」

新左衛門が顔を引き締めた。

「大月さまは大丈夫でございましょう。吉原で馴染みを作られるおつもりなどございますまい」

「ない」

はっきりと新左衛門が宣した。仕方ない事情があったとはいえ、八重は一度身を売っている。その八重を妻にすると決めたのだ。金で女を買うなどという、八重に引目を感じさせるようなまねを新左衛門はいっさいするつもりはなかった。

「もっとも八重さまもさせますまい」

昼兵衛がほほえんだ。

「さて、行きましょうか」

「おう」

二人は蕎麦屋を出た。

吉原大門を潜れば、そこは苦界になる。世間の法も慣習も通じない。このなかでは、吉原のしきたりだけが通用した。

「おいっ」

四郎兵衛番所の当番をしていた三浦屋の忘八が昼兵衛に気づいた。

「妾屋だぞ」

「どこだ……本当だな」

声をかけられたもう一人の忘八も確認した。

「どこへ行くつもりだ」

「西田屋だろう。旦那に報せを。おいらは二人の行く先を見届ける」

「おう」

「急いでくれよ。吉原のなかで刃傷《にんじよう》沙汰など勘弁してもらいたいからな」

「わかった」

首肯した忘八が駆け出した。

「後を頼んだ」

最初に言い出した忘八も、会所を出た。

「山城屋どの」

「後をつけられていますか」

新左衛門の言葉に含まれているものを昼兵衛はしっかりと理解していた。

「右側の会所から出てきた」

「それならば、三浦屋という見世の忘八でございましょう。西田屋の配下ではございません」

「排除しておかなくてよいのか」

「大丈夫だと思いまする」

問うた新左衛門に昼兵衛が応えた。

大門から西田屋までは近い。すぐに二人は西田屋の前に着いた。

「いらっしゃいやし。お馴染みさんで」

なかから出てきた忘八が、客の顔を見ないようにして尋ねた。身分ある客の場合、顔を見るだけで叱られることがある。よほどの馴染み客でもないかぎり、忘八は目を客の胸より上へあげなかった。

「馴染みといえば馴染みですよ。もっとも遊女じゃなくて、ここの主どのとね」

皮肉な口調で昼兵衛が言った。

「へっ……」

予想外の答えに思わず忘八が顔をあげた。

「おまえさんと会うのは初めてかな。山城屋昼兵衛だ」

「山城屋……妾屋」

名のりを聞いた忘八が驚愕の声をあげた。

「西田屋甚右衛門さんに、お話があると伝えてもらおうか。ああ、居留守を使いたければ使いなさい。そのときは、三浦屋さんに行かせてもらうだけだからね」

「……あわっ」

冷たく言う昼兵衛に忘八があわてて見世へ走りこんだ。

「大月さま」

「わかっている。油断はせぬよ。吉原では殺され損だそうだからな」

新左衛門が口の端をゆがめた。

「こちらも遠慮はせぬ」

慈悲はかけないと新左衛門が宣した。

「ということだ。要らぬ手出しをしないでもらいたいな。他の見世に恨みはないからね」

少し離れたところで様子を窺っている三浦屋の忘八へ、昼兵衛が忠告した。

「騒動はご勘弁願いたいのでございますが」

見つかったと知った三浦屋の忘八が姿を現した。

「それを言う相手をまちがっていないかい」

昼兵衛が顎で西田屋を示した。

「……返す言葉もございません」

三浦屋の忘八が首をすくめた。

「だったら、黙って見ていなさい。騒動にならずにすむかも知れないしね」

「ああ」

顔を向けられた新左衛門が首肯した。

「西田屋が罪を認めて償えば、人死にが出たわけでもないので、今回は堪忍してあげますよ」

「それは……」

昼兵衛の言いぶんに三浦屋の忘八がうつむいた。吉原惣名主というのを自慢としている西田屋甚右衛門が折れるはずなどないと忘八でもわかっている。

「近づくなよ。戦いになれば、山城屋どの以外のすべては敵と見なす。一々判別している余裕はない」

淡々と新左衛門が告げた。

「………」

三浦屋の忘八が黙った。

「さて、そろそろ行きましょうか。案内の忘八が戻ってこないというのは、なかでどうするか相談しているからでしょう」

「客を待たせる。礼儀もなってないな。これが吉原一の見世だとしたら、ご免色里も知れたものだ」

「女を道具と思っている連中でございますからね」

「そいつは違いまする」

嘲る昼兵衛に三浦屋の忘八が反論しようとした。

「どこが違います。遊女に火付けをさせたうえで、口封じに殺す。道具でなきゃできませんでしょうが」

「……うっ」

三浦屋の忘八が詰まった。

「ふん。知っているのになにもしない。どうやら三浦屋も相手にすべきではないか」

昼兵衛が三浦屋の忘八を鼻であしらった。

「………」

三浦屋の忘八が歯がみをした。

「では、大月さま」

「わかった。先に立たずともよいのか」

新左衛門が問うた。

「性を売りものにしなければならない女たちを守る戦いでございまする。妾屋が先頭に立たずしてどうしますか」

昼兵衛が胸を張った。

「わかった。任せてもらおう」

すっと新左衛門が腰を落とした。

「地に落ちよ」

新左衛門が太刀を居合いに使って西田屋の暖簾を落とした。

「あっ」

暖簾の向こうで六尺棒や長脇差を構えていた忘八たちが、唖然となった。

「待ち伏せとはなかなか客のもてなし方が斬新でございますな」

昼兵衛がわざと三浦屋の忘八を見た。

「…………」

三浦屋の忘八があきらめた顔をした。

「や、やっちまえ」

呆然としていた西田屋の忘八が動いた。

「ここの先陣はもらったぞ」

敵がいるのだ。さすがに昼兵衛を先に行かせるわけにはいかなかった。

「お願いいたします」

昼兵衛も引いた。

「敵対を選んだ。もう武器を捨てれば命を助けてやるなどとは言わぬ。逃がしもせぬ」

新左衛門は太刀を下段に構えて、敷居をこえた。

「くたばれ」

「死ね」

入り口の左右に潜んでいた二人の忘八が、長脇差をぶつけてきた。

「…………」

気づいていた新左衛門は、身体を右へ回しながら太刀を水平に振った。

「ぎゃああ」

「痛い……」

脇差と太刀では間合いが違う。そして水平の薙《な》ぎはその間合いをすべて支配に置く。二人の忘八は両手を斬られて呻いた。

さすがに薙ぎで腕を両断するだけの威力は出しにくい。とはいえ、まちがいなく骨に傷は付いた。

骨を包んでいる骨膜は、人体のなかでも痛みを感じやすい。襲いかかった忘八たちは長脇差を落として、痛みに転がった。

「てめえ」

あわてて棒を持った忘八が殴りかかった。

「えっ」

梁に棒を引っかけた忘八が間抜けな顔をした。

六尺棒はその名のとおり、長さが六尺（約一・八メートル）ある。それを上から振り落とせば、天井か梁に引っかかるのは当たり前であった。

「阿呆」

両手を上にして胴を晒《さら》した隙だらけの体勢になった忘八の胸へ、新左衛門は情け容赦なく太刀を刺した。

「かはっ」

心臓を貫かれて忘八が即死した。

「ひっ、ひいい」

一人残っていた忘八が、六尺棒を捨てて奥へと逃げた。

「とどめを刺すか」

新左衛門が腕を斬られた痛みで転げ回っている忘八二人を切っ先で示した。

「いえ。こちらにお預けいただきますよう」

三浦屋の忘八が願った。

「もし、こいつらがまた出てくるようなことがあれば、三浦屋も潰す」

「……承知しておりまする」

殺気の籠もった新左衛門に、三浦屋の忘八が強くうなずいた。

「では、参りますよ」

昼兵衛が前に出た。

吉原の遊女屋の造りはどこともよく似ていた。土間に続いて板の間があり、その左右に一夜限りの閨を売るちょんの間の妓たちが、外行く男に媚《こ》びを売るための格子部屋があり、奥には一夜の客を相手にするための大広間が拡がる。馴染み客あるいは、妓の格別な客をもてなす二階への階段を登らず、大広間を突っ切れば、忘八たちの控え室、客間と続き、もっとも奥に見世の主の居室があった。

「待たれよ」

奥への廊下へ入った新左衛門が昼兵衛を止めた。

「そこ」

新左衛門が廊下の左側の部屋の襖を太刀で突いた。

「ぐえええ」

機を見計らって襲おうとしていた忘八が襖ごと貫かれて絶叫した。

「息くらい殺せ」

新左衛門があきれた。

「忘八とは、こんなものか」

「世間で罪を犯し、罰せられるのが怖くて吉原へ逃げこんだ連中でございますよ」

昼兵衛が嘲笑した。

「ここから先は……」

「わかった」

新左衛門が引いた。

二

「ごめんなさいよ」

奥の部屋に着いた昼兵衛は、躊躇《ちゅうちょ》なく襖を開けた。

「こらあああ」

待ちかまえていたのだろう。なかから長脇差が突き出された。

「甘いね」

襖を開けるなり、昼兵衛はしゃがんでいた。突き出された長脇差は、昼兵衛の頭上五寸（約十五センチメートル）を貫いただけであった。

「やろう」

外されたと知った忘八が長脇差を振り落とそうとした。

「させるか」

間合いを詰めた新左衛門が太刀で長脇差を巻き落とした。

「あっ」

忘八の手から長脇差が飛んだ。

「邪魔だよ」

立ちあがった昼兵衛が、長脇差を失って戸惑っている忘八の手を引きつつ、投げ飛ばした。

「ぐえっ」

受け身を取れないように、手を摑まれたまま投げられた忘八が廊下で頭を打ち、意識を失った。

「やるな」

新左衛門が感心した。

「てめえら、なにをやっているのか、わかっているんだろうな」

居室の奥に座っている西田屋甚右衛門が怒鳴った。

「わかっておりますよ。少なくとも、おまえさんよりはね」

昼兵衛が応じた。

「ここは吉原だ。世間の法度は通じない。吉原のしきたりが絶対の場所。そして、その吉原を支配しているのは、惣名主たるこの西田屋だ。つまり、この儂が吉原の主。おめえたちをどうしようとも、どこからも文句は出ない」

「どこからも文句は出ないでしょうねえ。町奉行所は及び腰ですしね。だからこそ、わたくしが文句を言わせてもらいに来たんですよ」

昼兵衛が西田屋甚右衛門を見つめた。

「文句だと。死んでしまえば言えまい」

「頭が悪いだけかと思っていましたが、目まで悪いとは」

昼兵衛があきれた。

「なにっ」

西田屋甚右衛門がさらに熱くなった。

「今のを見ていませんでしたかね。大月さまに勝てる者などおりますか。それ以前に、ここまで傷一つなく来たことで気づいていただかないと」

「…………」

「そう、おたくの忘八じゃ、相手にさえならないんですよ」

「ううっ」

西田屋甚右衛門がうなった。

「さて、お話をしましょうか。そちらから手出しをされたのであって、こちらから挑んだわけではございません。難癖を付けてきただけでなく、店に火までかけてくれました。その詫びをしていただきましょう」

「詫びだと。妾屋は隠し遊女だ。そっちこそ御法度であろうが」

西田屋甚右衛門が言い返した。

「つい今しがた己の口から出た言葉くらい覚えておきなさい」

昼兵衛があきれた。

「吉原は世間とは違うと言ったのはあなたでしょう。それが世間の御法度を持ち出してどうするんです」

「…………」

反論に西田屋甚右衛門が黙った。

「用件に入らせていただきましょう。火付けをしたのが、こちらの遊女だったというのはわかっています。さらにわたくしを襲ったのがこちらの忘八だとも。となれば、被害を弁済するのは、主のあなたしかいませんね」

「証拠があるまい」

西田屋甚右衛門がうそぶいた。

「要りますか、証拠が。要るなら用意しますが、その代わり評定所《ひょうじょうしょ》へ訴え出ることになりますよ」

昼兵衛が告げた。

評定所とは、訴訟裁定をおこなうところである。基本として町人の訴訟は町奉行の管轄になるが、武家とのもめ事などの場合は、評定所が担当した。

吉原は武家ではないが、ご免色里という格式を持っている。神君と讃《たた》えられる家康の許しは下手な武家よりも強く、町奉行所では対応しきれなかった。

「評定所でもなんにもできまい。こちらは神君家康さまのお許しがあるのだ」

「それこそ、証拠はございますか」

胸を張った西田屋甚右衛門へ、昼兵衛が冷静に問うた。

「証拠だと。あるぞ。本多佐渡守さまの書付がな」

西田屋甚右衛門が誇った。

「おめでたいことだ」

「なんだと」

口調に含まれていた嘲りに西田屋甚右衛門が反応した。

「本多佐渡守さまの書付など、本人が死なれたらただの紙切れになっていると気づいてないのか」

「無礼なことを言うな。本多佐渡守さまといえば、家康さまの股肱《ここう》の臣として、幕府創設の功第一のお方ぞ。そのお方の名前が入った書付を、御上がないがしろにできるわけなかろう」

西田屋甚右衛門が述べた。

「では、その本多さまのご子孫さまはどこに」

「それは……」

「本多さまほど古い話を出さなくとも、田沼《たぬま》さまを見ればわかりましょう」

田沼とは十代将軍家治《いえはる》の御世、権勢を誇った大老格田沼主殿頭意次《とのものかみおきつぐ》のことだ。わずか六百石の小納戸から出世し、最後は大老格七万五千石まで登った。しかし、寵愛してくれていた家治の死後没落し、その政策すべてが否定されていた。

「話が違う」

「違いませんよ。どれだけ権力を持とうとも、家臣は家臣でしかない」

昼兵衛が続けた。

「そんなもの、評定所へ出してごらんなさい。あっさりと取りあげられて終わりですよ。いかに本多佐渡守さまとはいえ、将軍家には勝てませんからね」

「取りあげられてたまるものか」

西田屋甚右衛門が焦った。

「だったら、評定所へ行かなくてすむようにしなさい。わたくしの出す条件は、焼けた家の再建費用、燃えた物品と金の弁済、そして二度と妾屋に手出しをしないという誓書。それだけで今回の話は終わらせてあげます」

昼兵衛が条件を提示した。

「ふざけるな」

西田屋甚右衛門が一言で拒否した。

「さようでございますか。では、今度は評定所でお目にかかりましょう」

あっさりと昼兵衛が踵を返した。

「逃げられると思っているのか。だとしたら、おめでたいことだ」

笑いながら西田屋甚右衛門が手を叩いた。

「……よう」

居室の奥、西田屋甚右衛門の後ろの襖が開いて、山形将左が顔を出した。

「おや、山形さま」

　さすがの昼兵衛も驚いた。

「山形氏」

　新左衛門も呆然とした。

「さっさとやってしまってください。あの二人を片づけてくれたら、妓二人の奉公証文を巻きましょう」

「証文を巻く……」

　西田屋甚右衛門の言った内容に、昼兵衛が引っかかった。

「山形さまのお馴染みは、西田屋じゃなかったのでは。他《よそ》の店の妓の借金を勝手になかったことにするのは……」

「きみがててだぞ。吉原すべての妓は、儂のものも同然」

　昼兵衛の疑問に西田屋甚右衛門が勝ち誇った。

「すまねえな。なにせ、掟破りをしているのは、吾だからな。七瀬《ななのせ》たちを桶伏せにすると言われては、どうしようもねえ」

　山形が申しわけなさそうに言った。

「なるほど。事情は理解いたしました」

昼兵衛が首を縦に振った。

「話はもういいだろう。さっさとやれ」

西田屋甚右衛門が山形に指示した。

「下がってくれ、山城屋どの」

新左衛門が前へ出た。

「大月さま……」

「ご懸念には及ばぬ。山形氏に守らねばならぬ女がいるように、拙者には八重どのがいる」

新左衛門が強く述べた。

「ならば、お預けしましたよ」

昼兵衛が肚《はら》をくくった。

「悪いな。こちらも負けるわけにはいかない」

山形が太刀を抜いた。

「ここでは狭い。庭に出よう」

庭でやろうと新左衛門が誘った。

「けっこうだ。ここだとまちがえて、西田屋の首を飛ばしかねん」

山形が同意した。

「わかっているだろうが、妓二人はこちらの手にある。裏切るなよ」

西田屋甚右衛門が山形に釘を刺した。

「でなきゃ、今頃、おまえの首はそこにねえよ」

山形が頬をゆがめた。

「人質ですか、さすがはきみがてて。遊女すべての父はやることが違いますな」

昼兵衛が侮蔑《ぶべつ》の目を西田屋甚右衛門へ向けた。

「吉原を守るためだ。そのためになんでもする。それこそ、きみがてである」

「だそうですよ」

昼兵衛が誰に聞かそうとしたのか、口にした。

「ここらでよさそうだな」

「でござるな」

西田屋の中庭で山形と新左衛門が対峙《たいじ》した。

「河内浪人、山形将左」

卑怯なまねをしないと言う代わりに、山形が名乗った。

「奥州浪人、大月新左衛門」

正々堂々という意思表示に、新左衛門も同意した。

「参る」

「いざ」

二人が太刀を抜いた。

「……………」

真剣での立ち合いは一瞬で勝負が決まる。一撃で致命傷となることもままある。

二人はじっと相手の様子を窺った。

剣にせよ、槍《やり》にせよ、武術は身体の中心をいかに安定させるかが肝腎《かんじん》である。二本の足で歩く人は、どうしても重心が定まりにくい。机でもいすでもそうだが、足は三本以上ないとこけるのだ。犬や馬が四本足なのも転ばないためである。

だが、人は二本足となることを選んで発達してきた。じっと立っていても転ばないように、無意識ながら身体を動かしている。

そこから戦いに移るとなれば、その重心を移さなければならなくなる。次の安定まで、ほんの一瞬とはいえ、重心が動くのだ。それは武術でいう隙であった。

「…………」

「いつまで見合っている。さっさとしねえか」

固唾《かたず》を吞んで見守る昼兵衛とは対照的に、西田屋甚右衛門が騒いだ。

「えいっ」

西田屋甚右衛門の声をきっかけに、新左衛門が前に出た。そのまま勢いをかって太刀を上から落とした。

「おう」

山形が左に大きく足を運んで、一撃を避けた。

「危ねえな。見切りが使えないのは初めてだ」

崩れた体勢を一瞬で整え山形が感嘆した。

見切りとは、相手の切っ先がどこを通るかを瞬時に判断して、避けなくても問題ないのか、かわすためにはどれだけ動けばいいのかを見抜く技である。剣術を始めとする武道すべてで必須のものであり、卓越した腕になると一寸（約三センチメートル）の見切りができた。そして見切りができれば、無駄な動きをしなくてもよくなり、体勢を崩さず、反撃しやすくなる。

「三寸（約九センチメートル）も切っ先が伸びるなんぞ、手妻《てづま》なみじゃねえか」

山形があきれていた。

「……………」

新左衛門は一撃を出すとき、右肩を少し前へ入れるように出すことで、剣先を遠くまで伸ばしたのであった。

「まあ、おかげでやる気になったがな」

山形から飄々《ひょうひょう》とした雰囲気が消えた。

「行くぞ」

今度は山形が出た。左足を大きく踏み出し、間合いを一気に詰める。

「覚悟っ」

山形が太刀をまっすぐに突き出した。

「なんのう」

新左衛門はかわさなかった。太刀を横に向け、その腹で切っ先を受けた。

「ちっ」

頬をゆがめた山形が、素早く引いた。

「よく見抜いたな」

「貴殿のことだ、防げるていどの一撃など意味なく出すはずもなかろう。突き技は威力があるが、狙いは狭くなる。だけに、つい首だけを動かしたりして避けようとしがちになる。首だけ避けても身体が残っている。そこを狙われてはたまらぬ」

新左衛門が述べた。

「さすがだな。首だけで避けてくれれば、そこから藁落《わらお》としに鎖骨を裂いてやるつもりだったのだが」

藁落としとは、藁束を作るために使う鉈《なた》のような刃物のことだ。上から垂直に落とすようにして使った。

「…………」

新左衛門が背筋に汗を流した。鎖骨を切られれば、そちらの腕は動かなくなる。真剣での遣り取りで、片手を奪われるのは致命傷であった。

「なんとか殺さずに、話を終わらせたかったんだがなあ」

山形が腰を落とした。

「そうも言ってられないようだ」

「当たり前だ。この二人を殺さない限り、妓たちは解放しない」

殺さずにすませようとしていたと言った山形に、西田屋甚右衛門が断言した。

「大月さま」

昼兵衛が決断をうながした。

「他人の命の上に載る幸福……唾棄《だき》すべきであろうが、拙者は求める」

決意を新左衛門が叫んだ。

「遊女として売られる。女にとってこれほどの不幸などあるか。地に落ちても生きていこうとする女に伸ばせる手があるなら、拙者はためらわぬ」

山形も心を決めた。

「ゆえに、勝負」

「おう」

山形が再戦を宣し、新左衛門が応じた。

「ご託はいい。さっさとやってしまえ」

西田屋甚右衛門が不満を口にした。

「少しは黙っていなさい」

昼兵衛が西田屋甚右衛門の肩を摑んだ。

「離せ……い、痛い」

西田屋甚右衛門の肩がきしんだ。

「これ以上二人の勝負の邪魔をするようなら、二度と口がきけないようにしますよ」

「そんなことをしたら、妓二人の命はないぞ」

脅す昼兵衛に、西田屋甚右衛門が下卑た笑いを浮かべた。

「吉原の女の命なんぞ、わたくしには関係ありません。わたくしが守らなければいけないのは、山城屋にかかわりのある女たちだけ」

「な、なんだと……」

氷のような声で言われた西田屋甚右衛門が驚愕した。

「江戸中の女なんぞ助けられますか。人は己の両手で抱えられる範囲までしか救えないのですよ。わたくしの両手はすでに店の妾たちで埋まっています。これ以上は無理なので」

あっさりと昼兵衛は七瀬ら二人の妓を切って捨てた。

「わかったかい、妓を人質にできる立派なきみがててさんよ」

昼兵衛が伝法《でんぽう》な口調で西田屋甚右衛門へ告げた。

「……………」

西田屋甚右衛門が黙った。

「山形さま、大月さま」

昼兵衛が西田屋甚右衛門から目を二人へと移した。

「一ついいか」

三間（約五・四メートル）間合いを空けた山形が新左衛門へ声をかけた。

「なんだ」

「口説き落としたのだな」

山形が問うた。

「ともに家を探してくれとは頼んだ」

新左衛門が答えた。

「なんだそれは。はっきりと伝えていないのか、おぬしは」

「一応、広い家は要らぬとの返答はもらった」

情けないという顔をした山形へ、新左衛門は反論した。

「十五やそこらの初《うぶ》じゃあるめえに。まったく、苦労してない連中はこれだからな」

山形が天を仰いだ。

「いつ死ぬかわからないのが吉原だ。明日客から病を移されるかも知れないとの恐怖に怯えながらも、足を開かなきゃいけないのが遊女のさだめ。閨を共にした翌朝、目が覚めたことを喜ぶ女の悲哀を思え。いいか、この戦いに生きたなら、今晩でも八重どのを抱け。己のものだとしっかり教えてやれ。そんな言葉だけじゃ、女は不安なんだ」

忠告を山形がした。

「そうする。おぬしも生き残ったなら、二人の妓を抱えて大門を出よ。妓を普通の女に戻してやれ」

「言われるまでもない」

互いに相手が勝ったときのことを言い合い、二人は対峙しなおした。

「あと……」

「もう一つ……」

二人が同時に口を開きかけた。

「同じことを言うつもりのようだな」

山形が小さく笑った。

「そのようでござるな」

新左衛門も頬を緩めた。

「山城屋のこと、任せた」

代表して山形が言った。

「やれやれ……そんな場合ではないでしょうに」

昼兵衛が嘆息した。

「では、参る」

「いざやっ」

二人が太刀を振りあげて、ぶつかった。太刀が噛み合い、欠けた刃が火花となって散った。

「なんの」

「おう」

鍔迫《つばぜ》り合《あ》いに二人が入った。

間合いのない戦いである鍔迫り合いは、息がかかるほどの距離で刀を押し合う。押し負ければ当然待ち受けているのは、死である。全身の力で相手を押し、押されるのを耐える。

最初に緊張が切れた者が負ける。

「ぐおおお」

「うおうう」

山形と新左衛門が渾身《こんしん》の力をこめて相手を圧しようとした。

「動けませんな」

昼兵衛が独りごちた。

全体重を剣に預けているのだ。少し力の方向をまちがえば、重心が狂いずるずると体勢が崩れてしまう。隙を見つけて相手の力をいなせられれば、勝負は簡単につくが、山形や新左衛門ほどの腕ともなると、まずひっかかってくれない。どころか、それを利用して相手を罠《わな》にはめるくらいしてのける。

「…………」

西田屋甚右衛門が残っていた忘八に目配せをした。

うなずいた忘八が、そっと新左衛門へ向けて匕首を投げようと構えた。

「要らぬことをするなと言ったはずですがね」

昼兵衛が西田屋甚右衛門を睨みつけた。

「なにもできやしない。吉原できみがててに危害を加えられるはずなどありえぬ。かまわぬ。やれ」

西田屋甚右衛門が命じた。

「へい」

首肯した忘八が、匕首を新左衛門へと投げた。

刃物というのは、柄よりも刀身が重い。柄を持って投げたら、まっすぐのつもりでも、回転してしまう。

死力を尽くしている山形と新左衛門に飛んでくる匕首へ対処する余裕はなかった。いや、死角からの攻撃だったため、気づけなかった。

「お気をつけくださいませ」

昼兵衛の警告も間に合わなかった。

幸い、投げたのが武道の素人であったため、新左衛門に当たったのは切っ先ではなく柄だった。

「なにっ」

だが、予期していない背後への衝撃に新左衛門の気がそれた。

「おうやああ」

刹那《せつな》の隙とはいえ、それを見逃す山形ではなかった。山形が新左衛門を押し切り、突き飛ばした。

「しゃああ」

剣士の身体に染みついた修練の癖が、山形をして追い打ちをさせた。体勢を崩した新左衛門に向けて、太刀が振られた。

「くうう」

倒れながらも、新左衛門はなんとか身体をひねった。とはいえ、追撃からは逃げられなかった。山形の切っ先が、新左衛門の左肩から背中へ届いていた。

「大月さま」

昼兵衛が悲鳴をあげた。

「かはっ」

地面へ身体を強く打ち付けた新左衛門が、肺腑《はいふ》の空気を吐きだした。

「やった」

忘八が喜んだ。

「なにをした」

ようやく気づいた山形が、西田屋甚右衛門を見つめた。

「おめえがあまりに情けないので、手助けをしてやったのだ。さあ、さっさと止《とど》めを刺せ」

西田屋甚右衛門が山形へ言い放った。

「ふざけるな。そんなまねができるか」

山形が言い返した。

「おい、やってしまえ」

拒否した山形から目を忘八に移した西田屋甚右衛門が顎で指示した。

「…………」

忘八が固唾を呑んだ。倒れているとはいえ、新左衛門は意識も保っている。うかつに近づけば、反撃を受けるのは確実であった。

「根性のないやつめ」

西田屋甚右衛門が吐き捨てた。

「……妓を仕置きするぞ」

山形へ顔を戻した西田屋甚右衛門が告げた。

「…………」

苦渋の顔を山形が浮かべた。

「すまん」

山形が詫びながら新左衛門へ近づいた。

「まだ……だ」

新左衛門は動きの悪くなった左手を柄から離し、右手だけで太刀を持った。

「…………」

山形が足を止めた。

「なにをしている。さっさとしろ」

動きの鈍くなった山形を西田屋甚右衛門が急かした。

「よく見ろ。近づけば足を薙がれるわ」

山形が怒鳴り返した。

「足の一本ぐらいどうでもいいだろう」

「…………」

犠牲にしてでも殺せという西田屋甚右衛門に、山形が尖《とが》った眼差しをぶつけた。

「遅いですね。やはり役立たずの集まりですかね、吉原の楼主は」

昼兵衛が小声で漏らした。

「どうする。そいつを殺さないと儂は妓を放さぬ。そろそろ七つ（午後四時ごろ）だろう。それまでに使いを出さなければ、妓二人は佐渡へ売り飛ばす手配ができている」

「佐渡だと……そんな話は聞いていない」

山形が憤った。表には出ていないが、佐渡の金山には遊女が何人かいた。佐渡金山送りとなった罪人たちが、過酷な労働に耐えかねて暴動を起こさないよう、ときどき妓を抱かせているのだ。ほとんどの妓は、やはり罪を犯した者で、処罰代わりに佐渡へ送られているが、それだけではとても足りない。各地の遊郭から病で死にかけている妓や、言うことを聞かない者が、厄介払《やっかいばら》い、罰代わりに佐渡へ売られていた。休みなく荒々しい男たちの慰み者となるのだ。佐渡送りになった妓は、まず一年生きられなかった。

「言ってないからの。おまえが裏切ったときの手だてだ」

西田屋甚右衛門が笑った。

「ときがなくなるぞ。妓を閉じこめているのは、吉原ではない。そこまで使いを出すとなれば、そろそろ限界だな」

「…………」

山形が一瞬瞑目《めいもく》した。

「生涯背負うと誓う」

太刀を逆手に持ち、山形が新左衛門に近づいた。

「……あきらめぬ」

新左衛門が太刀を振って抵抗した。

三

「どうしてお止めになりませぬ」

二人の戦いを見守っていた昼兵衛の背中に問いがかけられた。

「女を守って戦う男を妾屋が止められますか」

振り返らずに昼兵衛が答えた。

「それにわたくしの立場で、お二人の間に入るとなれば、大月さまの肩を持つしかございませぬ。となれば、山形さまの女を見捨てることになりまする。それはできませんよ」

西田屋甚右衛門へ言ったのとは別の答えを昼兵衛は返した。

「畏《おそ》れ入りました。さすがは山城屋さま」

背後の男が頭を下げた。

「遅かったですな。そちらの忘八には見せたはずですが、顚末《てんまつ》を」

昼兵衛が咎め立てた。

「申しわけございませぬ。お詫びは後ほど。西田屋さん」

詫びた三浦屋四郎左衛門が西田屋甚右衛門へ声をかけた。

「なんだ、三浦屋ではないか。招いた覚えはないぞ」

呼ばれた西田屋甚右衛門が首をかしげた。

「ちょっと小梅村《こうめむら》まで行っていたもので。その報告を」

三浦屋四郎左衛門が前に出た。

「小梅村……まさか」

西田屋甚右衛門の瞳が大きく開かれた。

「はい。渡し船の手配に手間取ってしまいました」

小梅村は吉原とは大川を挟んだ反対側である。のどかな田園地帯で、商家の静養寮が多く立っていた。

「七瀬さん、綾乃《あやの》さんは、わたくしが保護いたしましました」

三浦屋四郎左衛門が大声で告げた。

「……そうか」

山形が止まった。

「お手当を」

後ろで控えていた三浦屋の忘八が新左衛門に駆け寄った。

「きさま……なにをしたかわかっているのか」

事態を理解した西田屋甚右衛門が三浦屋四郎左衛門に怒りをぶつけた。

「助けただけでございますよ」

三浦屋四郎左衛門が淡々と答えた。

「里のなかにしていただいていれば、もっと早かったのでございますがね。小梅村の寮へ連れ出しているとは……」

吉原は病になったり、孕《はら》んだりした遊女を休ませるための寮を小梅村に持っていた。そこへ西田屋甚右衛門は七瀬と綾乃を監禁していた。

「勝手なまねを。あの妓どもは、儂が買い取ったのだぞ。西田屋の妓をどこへ連れていったところで、文句を言われる筋合いはない」

「買い取ったならば……証文を見せていただきましょう」

「…………」

ただで山本屋から取りあげただけの西田屋甚右衛門が口をつぐんだ。

人身売買をおこなっているに等しい吉原だけに、奉公証文には厳しかった。

「わたくしがここに来たことで、すべてわかっていただかないと困りますな」

蔑《さげす》むような目で三浦屋四郎左衛門が西田屋甚右衛門を見た。

「すでに山本屋さんから、二人の身柄はわたくしが引き請けました」

懐から三浦屋四郎左衛門が二枚の証文を取り出した。

「きさまっ」

それを見た西田屋甚右衛門の表情がゆがんだ。

「伊豆国熱川村漁師弥平の娘なな、金六十両をもって二十八歳の誕生日まで吉原内山本屋次郎右衛門方にて年季奉公いたし候。奉公年限、借財返済まで、いかなる仕儀と相成りましてもいっさいの苦情は申し立てませぬ。弥平」

表に書かれている文言を読んだ三浦屋四郎左衛門が、証文を裏返した。

「この証文を金二十両にて、三浦屋四郎左衛門どのへお譲り致し候。山本屋次郎右衛門」

裏に書かれた判入りの署名を三浦屋四郎左衛門が見せた。

「なんなら綾乃さんのも読み上げますか」

「要らぬわ」

西田屋甚右衛門が吐き捨てた。

「つまり、あの二人はわたくしどもの妓でございまする。その妓を勝手に吉原から連れ出した。これは、西田屋さん、足抜《あしぬ》きと同じでございますよ」

足抜きとは借金の残っている遊女が吉原から逃げる、あるいは連れ出すもので、吉原にとってもっとも重い罪であった。

「足抜きだと……儂はきみがててぞ。吉原惣名主だ」

「それが赦免の理由になるとでも。吉原惣名主だからこそ、他の者たちよりも率先して、しきたりを守らねばならないのではございませんか」

三浦屋四郎左衛門が厳しく指摘した。

「吉原惣名主たる儂が掟だ。大門内にいる者をすべて、儂の思うがままにできる」

西田屋甚右衛門が虚勢を張った。

「だそうでございますよ、皆さん」

三浦屋四郎左衛門が後ろを振り向いた。

「…………」

「話にならぬ」

「初代の恩など、とうになくなっているわ」

 ぞろぞろと庭へ顔を出したのは、吉原の遊女屋の主たちであった。

いた。

三浦屋四郎左衛門は、妾屋に手出しをしようとした西田屋甚右衛門に忠告をして
「西田屋さん、一度釘を刺させていただいたはずですがねえ」


三浦屋四郎左衛門は、妾屋に手出しをしようとした西田屋甚右衛門に忠告をしていた。

「それを無視しただけでなく、妓に火付けをさせる、忘八に山城屋を襲わせるなど、とんでもないことをしでかしてくださった」

「……………」

味方のいない西田屋甚右衛門が不安そうに黙った。

「常盤屋さんを始め、忘八をあなたのもとに出していた連中を待っても来ませんよ。全員、見世をわたくしたちに売り渡して、吉原を出ていきましたから」

「な、なんだと……」

西田屋甚右衛門が絶句した。

遊女屋の主といえども、世間的には忘八でしかない。それが大門から放逐される。

それがなにを意味するかは、一目瞭然であった。

「ああ、出たところで、南町奉行所の同心さまによって引き立てていかれましたよ。付け火と人殺しの廉《かど》で」

「南町がそのようなことをするわけがない」

「おや、ご存じではなかったので」

昼兵衛がわざとらしく驚いてみせた。

「南町の筆頭与力南波さま、吟味与力笹間さま、同心の中山さま、山田さまたちが、更迭されましたよ」

「そ、そんな馬鹿な。町奉行所が吉原と縁を切るなどありえぬ。あれだけの金を断れるはずはない」

聞いた西田屋甚右衛門が焦った。

「縁など切りませんよ」

三浦屋四郎左衛門が手を振った。

「ただ、担当があなたからわたくしに代わるだけで」

淡々と三浦屋四郎左衛門が言った。

「そのようなこと許さぬ」

西田屋甚右衛門が拒んだ。

「どの口で言いますか。あやうく吉原を潰しかけておいて」

三浦屋四郎左衛門が憎々しげに睨みつけた。

「そんなことはない。吉原はご免色里だ。御上でも手出しできぬ」

大声で西田屋甚右衛門が言い返した。

「あいにくでしたねえ。今の上様は、それを気になさらないようで」

昼兵衛が三浦屋四郎左衛門を手で制して口を挟んだ。

「神君家康さまだぞ。今の将軍でもかなわぬ」

「吉原に神君家康さま直筆の書付でも残っていれば、話は別だったんでしょうが……。ここにあるのは本多佐渡守さまのものだけ。そうだね、西田屋さん」

「…………」

「いかに家康さま股肱の臣でも、本多佐渡守さまは臣。臣は主に勝てませんよ。将軍が、創業の功臣とはいえ、家臣に遠慮しては、忠義が成りたちませんから」

「そんなことは……」

西田屋甚右衛門がまだ言いつのろうとした。

「ご免色里はもともと僭称《せんしょう》だった。ただ今まで見逃されてきただけ。悪所を取り纏《まと》め、もめ事を外へ持ち出させぬために。それをおめえが崩したんだよ。大門外の妾屋に手出しをするという形でな」

三浦屋四郎左衛門が厳しく指弾した。

「さすがによくご覧で」

昼兵衛は三浦屋四郎左衛門に感心していた。

「人の上に立つお方は、これぐらい見えなければ話になりませんね。あなたが吉原惣名主をなさるべきでございますな」

「大門内のことに口を挟むな」

三浦屋四郎左衛門を賛した昼兵衛に、西田屋甚右衛門が嚙みついた。

「挟みたくなんぞございませんよ。ですが、巻きこまれてしまいましたからね。どころか当事者にされてしまいました」

「当事者にされた……」

しっかり三浦屋四郎左衛門が気づいた。

「はい。店を燃やされたうえに命まで狙われた。襲い来た忘八たちを返り討ちにしたのは当然といえども、事情が判明するまで入牢させられるのが常。そして牢に入れられてしまえば、町方の思うまま。拷問で殺すことも容易。逃げ出そうとしたためと偽って命を奪っても問題にならない。まさに死の一歩手前でございました」

昼兵衛が西田屋甚右衛門を敵として見た。

「そこまで考えていたのか」

三浦屋四郎左衛門が啞然とした。

「…………」

西田屋甚右衛門が顔を背けた。

「で、やむなくお縋りしたのでございますよ」

「どなたに」

「誰にだ」

昼兵衛の言葉に三浦屋四郎左衛門と西田屋甚右衛門が反応した。

「言えるわけございませんな。ただ、町奉行所を押さえるだけのお力をお持ちの方だとはおわかりでございましょう」

回答を昼兵衛は拒んだ。

「町奉行以上……」

西田屋甚右衛門が蒼白になった。

「助けを求めた以上、そのお方の指示には従わねばなりませぬ。まことに無念ながら、西田屋を殺せなくなりました」

昼兵衛が小さく首を振った。

「西田屋は生かして大門から出せとの仰せでございまする」

「理由は」

三浦屋四郎左衛門が首をかしげた。

「いろいろ話を訊きたいそうで。吉原と裏で繋がり、金をもらっている役人の名前とか、廓《くるわ》で得られた噂など」

「なるほど、わかりましてございまする」

説明を聞いた三浦屋四郎左衛門が納得した。

「吉原惣名主を引き受けられましょうな」

「あいにく、惣名主は西田屋の世襲でございまして」

三浦屋四郎左衛門が残念そうに言った。

「そうだ。吉原惣名主は儂でなければ務まらぬ。儂なくして吉原はありえぬ」

「黙っておけ」

「ぎゃっ」

わめいた西田屋甚右衛門を山形が殴りつけた。

「次に口を開けば、腕を斬り落とす。口さえ無事ならば、問題ないのだからな」

「ひっ」

太刀を顔の前に置かれた西田屋甚右衛門が小さく悲鳴を発した。

「吉原惣名主が使えぬならば……」

昼兵衛が思案した。

「……大門手前の会所は、あなたさまの」

「はい。吉原一の大見世との誇りを持つためと、ご恩返しがしたくて会所を設けさせていただいておりまする。と申しましても、先祖から引き継いだだけでございますが」

確認された三浦屋四郎左衛門が答えた。

「それでも維持には相応の金がかかりましょう」

　昼兵衛が述べた。

　会所に詰めている忘八は三浦屋から出されている。大門の出入り、吉原の治安維持を担当するのだ。一人、二人ではない。絶えず四人以上の忘八を詰めさせておかなければならない。さらに会所の灯油、薪炭《しんたん》の費用や、修繕の金なども要る。年間にすれば、かなりの負担になった。

「いささか」

　いくらとは言わなかったが、三浦屋四郎左衛門がうなずいた。

「いかがでございましょう。会所を吉原の代表となされては」

「会所を……」

「はい。会所が吉原を代表して、御上と交渉する」

　昼兵衛が提案した。

「勝手な……」

「口を開くなと言ったはずだが。どうやら手は要らんようだ」

　文句を言いかけた西田屋甚右衛門に山形が太刀を振りかぶって脅した。

「…………」

　あわてて西田屋甚右衛門が口をつぐんだ。

「三浦屋さん、会所頭取として、御上とおつきあいなさいませ。もし、三浦屋さんが気に入らず、吾が頭取になりたいとお考えの方がおられたら、会所の費用を負担することを義務として、譲られればいい」

「なるほど」

　権力を欲しがるなら、相応の負担をという昼兵衛に得心した三浦屋四郎左衛門が、周囲の楼主たちを見回した。

「反対の方もないようで」

「よろしいかと」

「お任せいたしましょう」

　意見がないかどうか確かめた三浦屋四郎左衛門に、一同がうなずいた。

「では、三浦屋さんにだけ、わたくしがお縋りしたお方のお名前を明かしましょう。今後おつきあいをお願いすることになりましょうし」

　昼兵衛が三浦屋四郎左衛門を手招きした。

「………」

黙って三浦屋四郎左衛門が少し離れた廊下の隅まで付いてきた。

「会所の頭取をなさるお方以外には、口外無用でお願いしますよ」

「承知いたしておりまする」

三浦屋四郎左衛門が条件に同意した。

「今回の騒動をまとめておられるのは、林出羽守さまでございまする」

「……お小姓組頭の」

すぐに三浦屋四郎左衛門が思い当たった。

「それは……」

三浦屋四郎左衛門の表情が険しいものに変わった。

「厳しくなりますな」

林出羽守はまだ小姓組頭でしかないが、十一代将軍家斉の男色相手でもある。この後の出世は保証されていた。それこそ、執政衆となって当然であった。

「末の老中筆頭さまと交渉でございますか」

三浦屋四郎左衛門が嘆息した。

「それはございますまい。林さまは、上様お大事なだけでございまする。政の権など欲しておられませぬ。御出世なさるのはまちがいございますまいが、上様のお側を外れることだけはありますまい。そう、なられてもお側御用人さまか、お側御用取次さまでしょう」

昼兵衛が否定した。

「より恐ろしいですな。上様への御忠義だけのお方は、金で転んではくださいませぬ。これから吉原は困難な道を歩まねばなりませぬ」

「はい」

三浦屋四郎左衛門の困惑を、昼兵衛はわかっていた。

「ですが、吉原は要りまする」

「なしで江戸はなりたちませぬな」

昼兵衛も共感した。

「江戸は男が多すぎまする」

参勤交代で江戸に出てくる藩士だけで、大名全部を合わせれば数万になるのだ。一年で国へ帰るのだから、妻などを同行してこない。他にも、江戸へ出て一旗揚げようとする男たちが集まってきている。それらすべてが、女を欲しがるのだ。妾を抱えるだけの甲斐性《かいしょう》ある者など、一握りだ。残った男たちは、欲望の発散を遊女に求めるしかない。もし、遊女がいなければ、数少ない女に、男が群がる。だけですめばいい。なかには無体を仕掛ける者も出る。

女を奪い合って男が争う、あるいは男が女を襲う。将軍のお膝元で、そのような振る舞いは許されない。それを防ぐには、あるていど悪所を認めざるを得ないのだ。

「悪所は要る。しかし、その管理は御上の仕事ではない」

昼兵衛が述べた。遊郭は酒を飲み、女を抱いて、日頃の憂さを晴らすところだ。それだけに羽目を外す者が出やすくなる。どうしても世間よりも、もめ事は多くなる。幕府は、遊びのうえでの喧嘩まで面倒見られるほど暇ではなかった。だからこそ、ご免色里などというものを作りあげた。

「ご免色里とは、もめ事を世間に出さないとの意味。ここでなにがあろうが、御上はいっさいかかわらない。その代わり、吉原も外に出てこない。悪所はあくまでも闇。人の世がうまく回るための油。決して勘違いなさらぬように」

「承知いたしましてございまする」

昼兵衛の話に三浦屋四郎左衛門は首肯した。

「まずは、これをしっかりと心に留め置いていただきますよう」

「はい」

「その上で林さまのお望みをお伝えいたしまする」

「……………」

緊張した顔色で、三浦屋四郎左衛門が昼兵衛を見た。

「睦言をお求めでございまする」

「……睦言。妓との閨話をでございまするか。膨大な数になりまするぞ」

三浦屋四郎左衛門が驚いた。

「もちろん、すべてではございませぬ。お調べいただくのは、太夫と格子でよろしいかと」

「お大尽《だいじん》方……」

太夫は吉原一金のかかる女であり、格子はそれほどではないにしても、庶民の男が易々《やすやす》と通える相手ではなかった。

「金があるお方との睦言を、上様のご寵臣がお求めになる……」

三浦屋四郎左衛門が昼兵衛へ確認した。

「おわかりでございますな」

「なんともはや、危ないまねを」

気づいた三浦屋四郎左衛門が顔をゆがめた。

「なにがでございますかな」

「妓の身に危険が及びかねませぬ」

首をかしげた昼兵衛に三浦屋四郎左衛門が食ってかかった。

「なにをおっしゃる。妓の身は安全でございますよ」

「訊き出そうとすれば、相手に怪しまれましょう。閨で女が強請る話ではございませぬ」

三浦屋四郎左衛門が怒った。

「訊き出せなどとは一言も申しておりませぬよ」

「えっ」

言われた三浦屋四郎左衛門が唖然とした。

「耳にしたときだけでよろしゅうございます。無理は要りませぬ。女に傷が付くようなまねは、わたくしがさせませせぬ」

　妾屋の矜持を昼兵衛が見せた。

「なるほど。わかりましてございまする。その役目、吉原会所が請け合いましょう」

　三浦屋四郎左衛門が首肯した。

「では、山形さま、西田屋をお願いいたしまする。廓の外に駕籠《かご》を呼んでいただけますかな。三浦屋さん」

「はい」

「ま、待ってくれ」

　西田屋甚右衛門が、身の危険にわめいた。

「人を殺せても、己は痛い思いをしたくない。人として当たり前のことでございますがね。人に痛みを与えたかぎりは、因果応報。気づくのが少し遅うございました。山形さま、静かにさせてくださいな」

　冷たく昼兵衛が述べた。

「うむ」

うなずいた山形が西田屋甚右衛門のみぞおちに当て身を入れた。

「ううん」

呻いた西田屋甚右衛門が気を失った。

「妾と妓、ともに男のおもちゃだ。ただ、望んでなった者と望まずしてさせられた者、その差に気づかなかった。どちらの女も同じだと考えたあなたが、愚かだったのですよ」

昼兵衛が西田屋甚右衛門を見下ろした。

「辞めたいと思えば辞められる。それが妾。それを吉原という闇に引きずりこもうとした。でなければ、わたくしは敵にならなかった」

「心いたしまする」

西田屋甚右衛門だけへ聞かせたものではないと三浦屋四郎左衛門が気づいた。

「大月さまのことお願いできますかな。西田屋を連れていきますので」

昼兵衛が言った。

「お任せいただきたく。七瀬さんと綾乃さんのこともご安心を。客など取らせず、うちでお預かりいたしまする」

大きく三浦屋四郎左衛門が胸を叩いた。

「すまぬ」

山形が頭を下げた。

「ああ、念のために申しあげますが、大月さまには先を誓ったお方がございまする。決して妓を近づけられませぬよう」

「それはどうでしょうなあ。男と女の閨ごとを知らぬと、夫婦仲はうまくいきませぬよ。女とはどういうものか、ご経験いただくべきでは」

三浦屋四郎左衛門が楽しそうな顔をした。

「……それも一理ございますな。では、大月さまのご気分次第で」

あっさりと昼兵衛が引いた。

この作品は書き下ろしです。

妾屋《めかけや》昼兵衛《ちゅうべえ》女帳面《おんなちょうめん》七

色里《いろざと》攻防《こうぼう》

上田秀人《うえだひでと》

平成26年9月20日　初版発行
平成30年3月5日　2版発行

発行人――石原正康
編集人――永島賞二
発行所――株式会社幻冬舎
〒151-0051東京都渋谷区千駄ヶ谷4-9-7
電話　03(5411)6222(営業)
03(5411)6211(編集)
振替00120-8-767643

印刷・製本―株式会社 光邦
装丁者――高橋雅之

幻冬舎時代小説文庫

ISBN978-4-344-42249-0　C0193　う-8-8

幻冬舎ホームページアドレス　http://www.gentosha.co.jp/
この本に関するご意見・ご感想をメールでお寄せいただく場合は、
comment@gentosha.co.jpまで。